春《はる》恋《こい》魚《うお》

料理人季蔵捕物控

和田はつ子

時代小説文庫

角川春樹事務所

目次

第一話　煮豆売り吉次

一

　梅見が終わって、菜の花も盛りを迎える頃になると、江戸の人々は春のうれしい足音を聞きたいと切望する。

　日本橋は木《き》原店《はらだな》にある一膳飯屋《いちぜんめしや》塩梅屋《あんばいや》にも、毎年、この時期になると、春ならではの味覚を心待ちにする客たちが訪れる。

　とはいえ、桃の節句が近づいていたが、桜が咲かなければ野掛《のがけ》や花見はできない。

　ちなみに、野掛とは春の野山で一日遊ぶ行楽で、女たちは蓬《よもぎ》や芹《せり》、土筆《つくし》、野蒜《のびる》、嫁菜《よめな》摘みに精を出す。家に持ち帰ってお浸《ひた》しや天麩羅《てんぷら》の菜にするのであったが、まだ、今のこの時期では叶わぬ夢であった。

　枯れ葉色の野原や庭に新緑が、ぽつぽつと萌《も》え始めている様子に、心を弾ませるだけが精一杯である。

「新芽を見てるだけじゃあ、腹に春はこないやね」

当然、塩梅屋の膳に春の肴《さかな》が並ぶには間があり、常連客の履物屋の隠居喜平《きへい》は愚痴が絶えなかった。

「年齢《とし》を取れば取るほど、春ってものが待ち遠しくなるんだよ。いいねえ、あの山椒《さんしょう》の新芽のぱっと目が覚めるような、華やかな青い匂《にお》い、勝ち気な生娘《きむすめ》みたいな風情があって。早く嗅《か》ぎたいよ」

訪れるたびに繰り返す喜平には、生の葉は木の芽と呼ばれる山椒に、並々ならぬ執着がある。

「あんたの木の芽好きは、女好きと同じだろうが」

隣りで盃を傾けていた大工の辰吉《たつきち》が口をへの字に曲げた。

嫁の寝姿や小女の腰巻きの中を覗《のぞ》いて、倅《せがれ》から隠居させられたというのは、喜平の自慢話の一つであった。

一方の辰吉は、ふくよかで役者好きの恋女房おちえ一筋の純情ぶりで、このおちえを喜平が女ではない褞袍《どてら》だと評したことを、未《いま》だ深く根に持っている。そうは強くない酒が進むと、必ず、辰吉の喜平を見る目は三角に尖《とが》る。

「木の芽の香りが女に似ていて何が悪い？」

喜平は憮然《ぶぜん》とした面《おも》持ちで言い切った。

「ともあれ、どっちも、いい春の匂いですよ」

二人の間が険悪になってきたことを察した、指物師《さしものし》の入り婿勝二《かつじ》が、まあまあという調子で話に割って入った。

この三人は、先代の頃から、三日に上げずに塩梅屋を訪れ、喜平と辰吉は酒を酌み交わしつつ喧嘩《けんか》し、それを一番若い勝二が取りなす。この流れが変わることは滅多になかった。ようは喧嘩するほど仲のいい二人と、仲裁役を役どころと心得ている、もう一人が加わっての不思議な三人組なのであった。

「木の芽時はまだまだ、だいぶ先なので、こんなものをこしらえてみました」

塩梅屋の二代目季蔵《としぞう》が、豆腐田楽《でんがく》の載った皿を喜平の前に置いた。

味噌《みそ》の匂いにそこはかとなく、山椒の香が漂《ただよ》っている。

「木の芽の代わりを山椒粉にさせてみたのです」

くんくんと鼻を蠢《うごめ》かした喜平は、

「そりゃあ、また、気を利かせてくれてうれしい限りだ」

ふんわりと焼けた竹串の豆腐田楽をほおばった喜平は、

「いい味噌だねえ」

うっとりと目を閉じた。

豆腐に限らず、田楽に練り味噌は欠かせない。

「近頃、味噌に凝っていまして」

「これはもちろん、白味噌じゃないね」

「はい」

豆腐の田楽に合わせる練り味噌は、西京味噌《さいきょう》とも呼ばれる白味噌に水と味醂《みりん》を加えて練るものだと、季蔵は亡き先代、長次郎《ちょうじろう》から教えられていたが、自分なりに工夫もしてみたくなったのである。

「信州味噌の類《たぐい》かね」

赤味噌である信州味噌は白味噌ほど甘いコクがないので、赤味噌で作る練り味噌には、酒、味醂、砂糖、水を加えなければならない。

そもそも白味噌と赤味噌は、使われる大豆《だいず》の種類とは関わりなく、浸《つ》け込んで寝かせる前の料理法によって、色と風味の違いが生まれる。

大豆を水に浸ける時間を短くして、蒸さずに煮るだけにして、甘くなるよう米麹《こめこうじ》を多く入れて仕込むと白味噌になる。

一方、たっぷりと水に浸けて、高温で蒸し煮にし、米麹を控えて仕込むと赤褐色の赤味噌になる。

米麹は味の甘辛を左右し、煮るか蒸すかの違いと時間の長短が味噌の色を決定する。

「一応、信州味噌も試してはみたのですが」

季蔵は焼き上がった豆腐田楽を辰吉と勝二にも勧めた。

「美味《おい》しい。あっさりした豆腐に、この見かけによらず、さらりと甘い味噌が合いますね。これ、何の味噌ですか」

勝二は二口で平らげると、

「わかった。江戸味噌だ」

思わず叫んだ。

豆腐にかけられている練り味噌は、赤茶色を越え、黒砂糖のような色で艶々《つやつや》している。香ばしく苦味のある真っ黒な江戸味噌に、たっぷりと砂糖を利かせる田楽味噌は、如何《いか》にも、粋《いき》を気取りつつ、甘味に目のない江戸っ子の好みであった。

「意外な落ちだったんですね」

確信している勝二を、

「はて――」

季蔵は悪戯《いたずら》っぽく見つめた。

「これ、何か少し匂うぞ」

辰吉が言い出した。

「そりゃあ、山椒だろう？」

喜平の言葉に辰吉は箸《はし》を止めて、

「山椒だけじゃねえ。悪かねえが、胡桃《くるみ》の匂いだ。胡桃味噌だったのかい？」

首をかしげた。

「胡桃ではありません、荏胡麻《えごま》の風味です」

季蔵は微笑《ほほえ》んで、

「実はこれは奥州相馬《そうま》のじゅうねん味噌なのです。荏胡麻は奥州では、じゅうね、じゅうねんとも呼ばれています。これを胡麻のように実をすり潰《つぶ》し、赤味噌と酒、味醂、砂糖等に合わせると、じゅうねん味噌が出来上がるのだそうです。土地の人たちにたいそう愛《め》でられていると聞き、もとめて使ってみたのです」

「じゅうねんとはどういう意味なんだい？」

　喜平に訊《き》かれて、

「荏胡麻には身体を健《すこ》やかに保つ効能があるとのことで、これを食べれば、ここ十年は、元気で長生きができると信じられてきたのだそうです」

「そりゃあ、結構な代物《しろもの》だ」

　喜平はにやりと笑って、

「年寄りのためにあるような味噌だな」

「あんたには毒じゃあねえのか」

　また、辰吉が突っかかり、

「まあまあ」

　勝二が取りなし、

「実はじゅうねん味噌の田楽はこれだけではないのです」

　そう言って季蔵は、二日ほど前に米のとぎ汁に浸けて渋抜きをした後、汚れや鱗《うろこ》を取り除き、三等分し、酒に四半刻（三十分）浸けておいた身欠《みが》き鰊《にしん》を串に刺した。

　北国《ほっこく》から運ばれてくる身欠き鰊は、いわば鰊の干物である。

鰊の頭と内臓を取り除いた後、含まれている脂肪分が腐らないよう、慎重にゆっくりと北国の風に当てて乾燥させたものであり、数の子同様、安価な食べ物であった。

これをこんがりと焼き上げ、じゅうねん味噌を塗って、粉山椒を振りかけて田楽に仕上げる。

「美味《うま》い、美味い」

喜平は歓声を上げ、

「身欠き鰊といやあ、甘辛煮とばかり思い込んでたがな」

辰吉は盃片手に身欠き鰊田楽の串を持ち、

「上方《かみがた》では蕎麦《そば》に入れるって聞きましたよ。それも美味しそうですね」

ふと口を滑らせた勝二は、

「そんなもん、美味いわけねえだろう。これぞ、江戸っ子の味だぜ」

辰吉に叱《しか》り飛ばされた。

「ところで近頃は、この鰊みたいにうれしくなる話があるねえ」

鰊の田楽を片手に、満足そうに喜平はぐびりと盃を傾けた。

「新しく店を開いた料理屋の話なら、二股《ふたまた》はいけねえぜ」

またしても辰吉は目を尖らせたが、

「おまえさんは相変わらず、早とちりだね」

喜平はふんと鼻で笑った。

「もしかして、それ、お助け小僧のことかしら?」

おき玖《く》が口を挟んだ。

喜平は頷《うなず》き、

「ほらな、くるっと回してくれた。おき玖ちゃんは気が利いてる」

「このところ、お宝飾りが流行《はや》ってますからね」

お宝飾りの流行は、質屋大黒屋《だいこくや》での金の仏像の紛失騒ぎに始まる。何と、なくなったのは、焼麩《やきふ》で出来た仏像で、季蔵は大黒屋の主《あるじ》と親しい、廻船《かいせん》問屋長崎屋《ながさきや》の五平《ごへい》に頼まれて、真相を突き止めたのである。

二

遊女に売られた幼馴染《おさななじ》みから、花柳《かりゅう》病に罹《かか》ったという文を貰《もら》った手代《てだい》の話を聞いた大黒屋の跡継ぎ娘が、当時嵌《はま》っていた歌舞伎〝涙高砂《なみだたかさご》別《わかれの》契《ちぎり》〟を地で行く話だと感動し、金の仏像を焼麩で作ったものにすり替え、本物の仏像を売って手代に遊女のめんどうを見させようとしたのであった。

世間知らずの娘は花柳病は不治であっても、すぐには死に到《いた》らないこと、忠義者の手代が娘に命じられるままに、金の仏像のすり替えを手伝ったのは、遊女になった幼馴染みにではなく、ただただ、他ならぬ娘への熱い想《おも》いであったことを知らなかったのである。

娘が隠したお宝が見つかると、主夫婦や祖父である隠居は、娘と手代に事の次第を問い糾《ただ》し、もしもの時はお嬢様のために、盗《ぬす》っ人《と》の罪を被《かぶ》り、死ぬつもりだったという、手代の殊勝な忠義を深く汲《く》んだ。そして、これぞ、三国《さんごく》一の婿だと喜び、祝言《しゅうげん》を決めたのである。

もう、まもなく行われる祝言の客には、焼麩の仏像が配られることになっていて、あまりの珍しさ、面白さに瓦版屋《かわらばんや》がやんやと祝言に至る経緯《いきさつ》を書き立てた。

「〝お宝転じて人宝、婿宝、これに勝《まさ》るものなし〟なんて、書かれてましたものね。それで、そこそこ財のある、娘ばかりの家では、雛《ひな》節句も近いこともあって、大黒屋の果報にあやかろうと、しまってあったお宝を床《とこ》の間《ま》に並べ始めたんですよ」

瓦版好きな勝二は先を続けた。

「石ころのなかから、光る石を見つけたいっていうのが、婿取りをしなければならない家の本音《ほんね》ですからね。まあ、石の方からしてみれば、どんな石でも光りたいって思ってるのでしょうけど、なかなかね――」

これには入り婿である勝二の哀感が滲《にじ》んでいる。

「そいつをかっぱらう奴が出てきて、銭に替え、病人や年寄り、働けない者のところへ置いて行ってるって話は、風の便りで聞いてるぜ。俺だってまんざら知らねえわけじゃない」

辰吉はこほんと一つ咳《せき》をした。

「そして、誰が言い出したのか、お助け小僧。今じゃ、みんながそう呼んでるわね。三国一のお婿さん祈願にお宝が盗まれてしまうのはお気の毒だけど、去年の不景気は今年も続いてて、お正月用の引きずり餅《もち》さえ、頼めないでいた人たちが増えてるって聞いてるから、よくないことだけど、あたし、みんながお助け小僧と呼ぶ気持ちはわからないでもないわ」

「お宝を並べたくても並べられねえ、貧乏人のところからは盗《と》らないんだから、そう悪い奴じゃねえ」

辰吉が言い切ると、

「人を殺《あや》めてないというのも見事だよ」

喜平が同調し、珍しく、二人は相づちを打ち合った。

なおも喜平と辰吉は、

「いいねえ、お助け小僧はここの味と同じだ」

「いい仕事してるんだよ」

「まさに憂《う》き世《よ》を照らす光だな」

「それじゃ、光小僧か」

「それもいい」

何度も頷き合った。

終《しま》いには、

「いよっ、じゅうねん味噌、豆腐、鰊の田楽」

と喜平が叫ぶと、

「いよっ、お助け小僧」

辰吉が応《こた》え、

「いよっ、塩梅屋　いよっ、お助け小僧」

勝二までが大声を上げて、三人はすっかり出来上がってしまった。

――お助け小僧、盗っ人だというのにたいした人気だ――

驚かされた季蔵は、

「木の芽の時期になったら、また、必ず、豆腐と鰊の田楽を作ります。皆さん、楽しみにしていてください」

店を出る三人を見送った。


翌日、季蔵が長屋でいつもと同じ朝餉《あさげ》をすませて塩梅屋へ行くと、

「今日は楽しみだわ」

「餡《あん》はもう仕上げてあるし」

おき玖と三吉《さんきち》が待ち受けていた。

看板娘のおき玖は先代の忘れ形見であり、三吉は下働きとして雇い入れたが、近頃、めきめきと腕を上げてきている。

「おいら、わくわくしちゃって、昨日はよく眠れなかった」

三吉がこれほど目を輝かせているのは、これから、三人で、雛菓子である花まんじゅうの試作をしようとしていたからであった。

菓子好きの三吉は、白隠元豆《しろいんげん》で作る練り切りを使って、さまざまな形の菓子を仕上げることができる。

おき玖は季蔵が見せた花まんじゅうの絵図に見惚《みと》れていて、

「この花まんじゅうの絵図も、おとっつぁんの日記から写したものなんでしょうね。こんな綺麗《きれい》なおまんじゅうの作り方を知ってるんだったら、一度くらい、あたしに拵《こしら》えてほしかったわ」

幼い時に母親を亡くしたおき玖は、長次郎の男手一つで育てられ、女友達と集《つど》うこともなく、雛節句の華やぎとは無縁な少女時代を過ごしていた。

一方、仕事熱心な先代の長次郎は、日々の出来事を書き記すかの如《ごと》く、さまざまな料理について書き留めて遺《のこ》していた。

季蔵は何を作ったものかと思案にくれた時のみならず、いささか自己流が過ぎると省《かえり》みられると、長次郎のこの日記に立ち戻るのが常であった。

「雛節句間近に、こんな可愛《かわい》らしいお菓子があったら、女の子だけじゃなく、きっと誰でも、まだまだ冷たい北風や日頃の憂さを忘れて微笑みたくなるわ」

応える代わりに季蔵は一つ、大きく頷いて、三吉が用意したしとね鉢（粉をこねる木鉢）の前に立った。

「簡単だと油断すると、しくじるんだって、昨日、これを仕込んでてわかった」

　三吉は面目無さそうに頭を掻《か》いた。

「自信と思い上がりは紙一重だ」

　季蔵は苦笑した。

「まんじゅうの皮だと高を括《くく》ったのが命取りだったんだ」

「そうだったな」

　花まんじゅうの皮には、酒まんじゅうなどと違って小麦粉は使われない。まず、粳米粉《うるちこ》と糯米粉《もちごめこ》を三対一の割合で混ぜ、熱湯を加え、箸を四膳ほど用いて手早く掻き混ぜる。

　ちなみに粳米とは、透明に近い普通の白米のことで、これより格段に粘りが強い糯米は雪のように純白である。

　さて、熱湯で混ぜ合わせた練り粉は、大きな塊《かたまり》になって、ほどなく、ぼろぼろした状態になる。それをさらに箸でほぐすように混ぜ続ける。

　こうならず、柔らかすぎて、後で粉類を足すのでは上手《うま》く仕上がらない。

「でも、あの熱湯の加減はむずかしいものだわね。まるで、やり直しのきかない包丁遣いみたいで、真剣勝負だもの」

　おき玖は右手を包丁を手にしているかのように握ってみせた。

「おとっつぁんもきっと苦労したはずよ」

「そんなことはねえですよ。会ったことはねえけど、おいらと違って、先代は料理の神様だもん」

「それでは、その神様に近づくために、またこねてくれ」

混ぜ合わせた練り粉は湯気が落ちないように、乾いた晒《さら》しを上からかけ、熱いうちに蓋《ふた》をして一晩寝かせる。

今、季蔵の目の前にあるのは寝かせた状態の練り粉であった。

「えっ、まだこねるの？」

三吉が目を白黒させていると、

「お邪魔します」

勝手口から、このところ、顔馴染みになっている煮豆売りの吉次《きちじ》が入ってきた。

「季蔵さんに呼ばれてきたんです」

吉次は眩《まぶ》しそうにおき玖を見た。

吉次は中肉中背、扁平《へんぺい》で鰓《えら》の張った四角い顔に座った低い鼻、江戸八百八町、どこででも会えそうな、これといって特徴のない様子をしている。

強《し》いていえば笑うと額に、にゅーっと幾筋もの縦皺《じわ》が出来て、年齢より老けて見られがちな若者であった。

「季蔵さん、またお味噌買い？」

おき玖はやや眉《まゆ》を寄せた。

煮豆は座禅豆とも呼ばれている。両面に〝座ぜん豆〟と書かれた数段の抽斗《ひきだし》のある木箱を天秤棒《てんびん》の両端に掛け、担いで市中を売り歩くのが煮豆売りであった。

煮豆売りは煮豆だけではなく、沢庵《たくあん》等の香の物、嘗物《なめもの》と呼ばれる金山寺《きんざんじ》味噌やさくら味噌を含む、さまざまな種類の味噌も一緒に売っていた。

「いつもご贔屓《ひいき》にしていただいて、ありがとうございます」

吉次は如才なく頭を下げた。

三

季蔵が味噌に凝り始めたのには理由《わけ》があった。

報われない滅私奉公の末、二人を手に掛けてしまった酔壽楼《すいじゅろう》の料理人浩吉《こうきち》は、秋刀魚《さんま》の糠漬《ぬかづ》けを食べるのが念願だったと季蔵に言い残し毒を呷《あお》って自裁した。

この浩吉からは、鯵《あじ》と鯖《さば》の味噌漬けも託されていて、これらを味わった季蔵は、――何とか、秋刀魚の糠漬けを作って、墓前に供えたいものだが、なにぶん、これは奥州の食べ物だから江戸では見かけられず、作り方もわからない――

せめてもの供養にと、浩吉が好んで漬けた鯵や鯖などの下魚《げざかな》による魚の味噌漬けを、そここそ極めたいものだと思ったのである。

そんな矢先に、

「座ぜんー、座ぜんー、豆ぇぃ、味噌ぅ、味噌ょぉ、豆ょぉ、玉ぁ、玉味噌ぅ」

という吉次の掛け声に出遭ったのであった。

季蔵が即座にぴんと来たのは玉味噌で、これは水戸にほど近い、南奥州ならではの味噌の一種である。潰した大豆を冬から春まで乾燥させ、麦の粥《かゆ》に米麹を入れてねかせた甘粥を加え樽《たる》に仕込んで作る。

玉味噌に限らず、吉次の仕入れる味噌はどれも奥州物だと聞き、これだと季蔵は確信した。

南奥州の味噌はどれも甲乙《こうおつ》つけがたいほど美味《うま》く、しっかりした風味と味の赤味噌だと吉次から聞かされて、是非とも、赤味噌にしか合うはずのない鯖を漬け込み、自分なりの味を試してみたくなったのである。

――渋抜きした脂の多い身欠き鰊も、鯖同様、赤味噌漬けにしたら、旨味《うまみ》が増すのではないだろうか？――

季蔵はそんな試《こころ》みも胸に抱いている。

――だが、今は何より、花まんじゅうだ――

「吉次さん、用意してきてくれましたか？」

「へい」

吉次は懐に手を差し入れて、

「これでよかったらと――」

花の形が彫られている木型を取り出した。

「どういうこと？」

おき玖は首をかしげた。

「実はこの花まんじゅうは、とっつぁんの日記に書かれていたものではないのです。何日か前、吉次さんとばったり会った時、わたしは、〃この冬はことさら寒くて長く、雛節句が近づいて水は温《ぬる》んできているとはいえ、風はまだ身を切るように冷たい。一足早い花見の代わりに、美味《おい》しい食べ物で、ふんわりと心を温めることはできないものでしょうか〃と、かねがね思っていたことを口に出したのです。すると、吉次さんが〃花見の代わりになる食い物なら、花まんじゅうしかないよ〃と言い、仕入れ先の知り合いから、聞いたという作り方を教えてくれたのです」

「そうなんでさ」

吉次はここぞとばかりに、手を打って話し出した。

「あっしは奥州の食い物ばかし並べてる店から仕入れてます。そこは主も奉公人も奥州者なんですよ。親しくしてる手代の一人が、〃花のお江戸というが、ずいぶんと雛節句は華がないもんだ〃なんて、きいた風な生《なま》を言いやがるんで、こちとら、江戸っ子なもんだから、ちぃとばかし頭に来てね、〃やいやい、江戸の雛節句のどこが、華がねえんだよ、十《じっ》軒店《けんだな》や人形町、尾張《おわり》町、麹町《こうじまち》、毎年、うんざりするほど賑《にぎ》やかに雛市が立つじゃねえか〃って、言ってやったんでさ。するってえと、〃物を食わない雛人形ばかり、競って買うのが華じゃない。お江戸ときたら、何とも雛菓子がお粗末だ〃って返されたんです」

「お粗末なもんですか。あられや菱餅《ひしもち》、白酒、それに御所や手鞠《てまり》なぞの形をした綺麗なお干菓子や有平糖《あるへいとう》だってあるじゃないの」

　おき玖はいささかむっとしている。江戸っ子の例にたがわず、たとえ、どんなにうがっていたとしても、江戸をけなされるのは金輪際《こんりんざい》許せなかった。

「あられはどこにでも当たり前にあって、干菓子なぞの京菓子の類は江戸のもんとは言えねえし、紅や青粉（青海苔《あおのり》）で染めた餅を菱形に切って重ねただけじゃ、芸がなさすぎるって言うんですよ、その手代は。どこにもこれぞという持ち味がない、だから、江戸の雛菓子は粗末で節句は寂しいんだと」

「それじゃ、訊くけど、その人の言う華のある雛菓子なんてあるの？」

　もはや、おき玖は切り口上である。

「それがこれなんでさ」

　吉次は手にしている木型をじっと見つめた。

「花まんじゅうはこの木型で作るのだそうです」

　季蔵が説明すると、

「すると、花まんじゅうとやらは、難癖好きの意地悪な手代さんからの請《う》け売りなのね」

「まあ、そんなとこで」

　吉次は目を伏せた。

「わかったわ」

　憮然とした面持ちのおき玖は、

「これから作る花まんじゅうがどれだけ、綺麗で美味しくて華があるか、見極めることにしましょう」

と言い切り、襷《たすき》の紐《ひも》をきりりと締め直し、

「及ばずながら、あっしも手伝わせていただきます」

吉次が袖《そで》を捲《まく》った。

「それで吉次さんを？」

おき玖は咎《とが》める目で季蔵を見た。

――あたしたちだけじゃ、無理だっていうの？――

「おいら、練り切りは結構、上手にできるようになったんだけど――」

三吉は控えめに抗議した。

「花まんじゅうは勘所が幾つかあるんだそうだ」

季蔵の言葉を受けて、

「知り合いの手代さんは子どもの頃、おっかさんが拵えるのを手伝ったことがあるんだそうでさ。老舗《しにせ》の菓子屋の棚にちーんとおさまってる、桜や紅葉《もみじ》の柄が見事な時季の羊羹《ようかん》ならいざしらず、饅頭《まんじゅう》なぞ、目をつむっててもできるはずだってあっしが言うと、〝そうじゃない、やってみればわかる〟って、新富屋《しんとみや》じゃ、正月にもこいつを拵えるそうで、大《おお》晦日《みそか》に手伝わされたんですよ。いやはや、これには冷や汗が出やしたね」

吉次は苦く笑った。

「それでは吉次さん、段取りをお願いします」

季蔵に促され、

「へい、大鍋に湯を沸かして、まずはしとね鉢の中の練り物をこねねえと」

吉次がこねようとすると、

「おいらがやります」

しとね鉢を抱えるようにして、三吉がこねはじめた。

季蔵は竈《かまど》に火を入れ、おき玖が水を汲みに走った。

「もっと力を入れなきゃ駄目だ」

吉次が怒鳴り、三吉の顔が真っ赤に紅潮する。

「こねればこねるほどいいってこと？」

戻ってきて大鍋を竈に据えたおき玖に訊かれると、

「まあ、そうなんですが」

吉次は口を濁し、

「終い」

大声で三吉の手を止めた。

「こねすぎてもいけないのね」

「へい、まあ、ほどほどに」

「ほどほど、じゃわからないわ」

おき玖の声がきんと響いた。

「それじゃ、コシがなくならねえちょい前ってことで」

吉次は小声で応えた。

練り物は直径約三寸（約九センチ）の丸い扁平状にまとめられ、中央がへこまされた。

「どうして、この大きさなのかしら？」

「小さかったり、薄かったりすると、仕上がりが水っぽくなるんでさ」

大鍋の湯に練り物が放たれた。

「くつくつ音がしてきたら、こんな風に箸で掻き混ぜて、くっつかねえようにするんだ」

もはや吉次はおき玖と目を合わせず、三吉の方を見ている。

「ほれ、ほいっ、ほい、ほいっと――」

吉次が木杓子《きじゃくし》で浮いてきた練り物を掬《すく》い上げ、用意された盥《たらい》の水の中へと落として行く。

「おい、目を凝らせ」

三吉はまた怒鳴られた。

「ぽちゃんと沈んでしまうやつは、すぐに引き上げて、また、大鍋に戻せ。茹《ゆ》だってねえはずだ。ゆらーり、ゆらーりと柳の下の幽霊みてえに沈んでくのがいいんだ。そいつは按《あん》配《ばい》よく茹だってる」

吉次に指図された三吉は夢中で盥に目を凝らした。

「すいませんが」

吉次はおずおずとおき玖に頼んだ。

「沈んでったやつを水から引き上げて、しとね鉢に移してください。冷めすぎては駄目なんで。人肌ほどの温かさでないと――」

「任せてちょうだい」

おき玖は威勢よく応えた。

四

そのおき玖は、盥の底を見据え、三吉が掬い上げて大鍋に戻していない練り物を、器用な手つきで次々に手に取ると、しとね鉢へと移していく。

「やるね」

吉次が目を細めた。

「これでも、少しは聞こえた料理人塩梅屋長次郎の娘よ、見損なってもらっちゃ困るわ」

ほどなく、大鍋の練り物が全部、茹であがると、

「このうち、半分の半分には色をつける。こいつはまだ、固めのうちに取り分けておかねえと――」

おき玖は無言で四分の一の分量の練り物を、もう一つのしとね鉢へと移した。

「それじゃ、俎板《まないた》。これからまた、茹であがったものに水を足してこねるんだ」

命じられた三吉は、

「へい、合点」

顔中を汗だらけにしてこね始めた。

「このぐらいでいいですかい？」

三吉はこねた練り物をゆっくりと引っぱってみた。ぷつりと切れた。

「切れるようじゃ駄目だ。こねが足りねえ。七寸（約二十一センチ）か、一尺（約三十センチ）は伸びるようでなきゃ。頑張れ」

吉次に叱咤《しった》激励されて、三吉はこね続ける。

「これならお餅を搗《つ》く方が、よっぽど早く勝負がつくわね」

見ているおき玖がため息をついて、

「取り分けた方の色づけはあたしがやるわ」

「それじゃ、頼みますよ」

吉次はおき玖の目に頷いた。

「色づけに使う色粉はここです」

季蔵は棚に手を伸ばして、昨日、柳橋に出向いてもとめてきたばかりの赤、緑、青、黄、柿色の色粉をしまった、小さな木箱を下ろし、蓋を取った。

「綺麗だ」

三吉は思わずこねる手を止めて、

「おいらが色を混ぜたい。きっと、これから先は練り切りと同じなんじゃないかと思うし

──。おいら、美味いだけじゃなく、綺麗なものを作るのが好きで好きでならねえんだ」

「ならば、わたしがそいつの続きを引き受けよう」

乞《こ》うようにおき玖と吉次を見つめた。

季蔵が代わって練り物をこね続けることになった。

吉次は色づけを教え始めた。

「色づけに使う方の練り物もこねる。だが、緑に染めて、菊の葉にする分は、柔らかすぎない方がいい」

そう言って、吉次はまず、緑に色づけする分をこねて、緑色の団子状にまとめた。

「あとは俺がいいと言うまでこねろ」

三吉が従った。

その間に季蔵のこねていた白い練り物が仕上がり、

「これも、とりあえず、団子にしてよさそうですね」

赤子の頭よりも大きい団子にまとめた。

「それでよし」

こねるのが終わった三吉は、吉次に見守られながら、色を混ぜていく。

「綺麗だわ」

おき玖の顔から険が消えた。

「餡は出来てますかい？」

吉次は餡が煮てある鍋を探した。

「こんなもんでどうかしら？」

おき玖は餡の鍋の蓋を取った。

「季蔵さんから、花まんじゅうに使う餡はこし餡だって聞いてたんで、そのように拵えたんですよ」

吉次は木杓子を手にして、滑らかな小豆《あずき》色の餡をひと混ぜ、ふた混ぜして、ぺろりと木杓子についた餡を舐《な》めると、

「いい甘さだね」

目を細め、

「味も申し分ないが、ぼさぼさしてて水っぽくないのがいい」

笑顔で褒めた。

「水気がなくなって、ところどころ白く見えるまで練らないと、おまんじゅうが湿ってしまうし、日持ちも悪いと思って――」

「その通りさ。さすが、先代塩梅屋さんの娘さんだ」

「そんなの当たり前のことだわ」

おき玖は満更《まんざら》でもない様子で、照れくさそうに笑った。

三吉は形作りに取りかかった。

「まずは桜と菊と梅だ。花まんじゅうはこの三種がいい。どれも花見の花だからね、ぱっ

と華やぐ。どれだけ、みんな桜や菊、梅が好きかわからない。桜と菊はこの木型で形を取る」

　吉次は二輪の花を彫り抜いた木型を三吉に渡した。木型は黒く古びている。

「新富屋の手代さんが、持っていたものを、譲ってもらったのさ」

「型を使うのかい」

　拍子抜けした様子で三吉は、季蔵が仕上げた練り物を適量、手に取ると、団子にまとめ、平たく伸ばして型に押しつけた。

「それじゃだめだ」

「たしかにこれじゃ、白い桜と菊だね」

「桜には混ぜて桃色になった色つきの練り物をまぜ、菊には黄色のやつを混ぜるんだ。ほら、こうやって」

　吉次は団子状にまとめた白い練り物に、それよりも小さく丸めた桃色の団子を入れて、掌の上でくるくると繰り返し回した。丸く平たく伸ばすと、薄桃色の皮ができた。

「あ、真ん中のあたりの四隅だけ桃色が濃い」

　三吉は目ざとかった。

「回す時に一工夫すると均等に色が薄まらずに、ぼかしのいい色が残るんだとさ」

　これを木型に押しつけて桜の形を取った皮で餡を包み、箸やへら、竹串等を用いて、丸くまんじゅう型に成形し、花心に丸く赤い小さな蘂《しべ》を載せると、五瓣《べん》の花びらがくっきりと浮き上がって見える、桜の花の出来上がりであった。

菊は白い練り物と黄色の二種の団子を使い、桜同様、木型に伸ばした丸く平たい皮を押しつけて形を写し取る。

菊の花には、つまんで襞《ひだ》を取り、緑の練り物に白練りを加えて、ぼかしを出して似せた菊の葉を添えた。菊の蘂は、白練りに混ぜる前の鮮やかな黄色の練り物を用いる。

菊は秋のものだが、菊の形のそのまんじゅうは、明るく温かい春の日ざしを想わせた。

吉次に教えられた三吉は、黙々と桜と菊のまんじゅうを作り続けた。

「次は梅だが、これには型を使わない。箸で模《かたど》っていくんだ」

梅の花の皮は、はかなげな桜よりも強く桃色のぼかしをきかせる。白の練り物に入れる色つきの団子は、桜の時よりも量を多くし、決して、均等には伸ばさない。これで餡を包み、箸やへらで重なり合っている、やや横長の花びらを作っていくと、艶《あで》やかで凛《りん》とした梅の花まんじゅうが出来上がった。

三吉は季蔵から渡された絵図を睨《にら》みながら、慎重に箸を動かしていった。

「上手いもんだね。箸やへらなぞの使い方が手馴れてる」

感心した吉次は、自らも桜や梅のまんじゅうを作ってみて、見比べ、

「あっしのはあんたのと違って素人《しろうと》芸だ」

世辞とは思えない口調で褒めちぎった。

「ありがとうございます」

三吉はうれしそうにぺこりと頭を下げた。

「どっかで習ったのかい？」

「いえね――」

三吉はおとぎ菓子を手がけて以来、病みついている話をした。

「いいね」

頷いた吉次は、

「素人でもやれるもんなら、拵えてみてえもんだね、おとぎまんじゅう――。なに、花まんじゅうの皮で餡を包んでから、牛や馬に仕上げるのさ」

「牛や馬じゃなくて、桃太郎や花咲爺《じじい》、舌切り雀《すずめ》で、犬や猿、雉《きじ》、雀なぞのことでしょう？」

「そうか、そうだったよな」

あわてて吉次は正した。そして、

「餡入りはきっと美味《うめ》えんでしょうねえ」

三吉が涎《よだれ》を垂らしそうになった。

五

塩梅屋にあるありったけの皿が集められて、出来上がった花まんじゅうが載せられた。

「まるで、果樹のある庭やお花畠《はなばたけ》に来てるみたい。綺麗だし、美味しそうだし、まるで極楽、浮き浮きと心が弾むわ」

おき玖はうっとりと目を細め、

「おいら、食ってみたい」

三吉はごくっと唾《つば》を呑《の》み込んだ。

「でも、食べてしまうのが勿体《もったい》ない」

まだ、夢うつつの表情のおき玖に、

「花まんじゅうは綺麗なだけじゃなく、飛びっきりの味だから、凄《すご》いんだそうですよ」

吉次は桜のまんじゅうを二つ取って一つは自分の口に入れ、もう一つはおき玖に渡し、

「綺麗な上に美味い。これはもう、極楽ですよ、極楽。食べなきゃ、極楽には行けねえんですから」

熱心に勧めた。

「いただきましょう」

季蔵は吉次に倣《なら》って菊の花の方に手を伸ばした。

「それじゃ、おいらは、餡の中身が一番多いやつを――」

三吉はまんじゅうをほおばって、

「美味え。やっぱし極楽」

「綺麗なお菓子は京菓子に限る、と思い込んでたけど、こんなに手が込んでるのが奥州にあったのね」

おき玖も感嘆した。

「これも南奥州のものなのでしょうね」

季蔵が念を押した。

新富屋は南奥州から江戸に出てきて財を築いている。

「知り合いの手代さんは遠野《とおの》の出なんだよ」

遠野は奥州ではあったが、もっと北の南部《なんぶ》藩にある。

「ここでしか、作っちゃいねえ菓子なんだそうだけど、何しろ、こうして綺麗で美味いだろ。お嬢さんの雛節句に手代さんが作って差し上げてみたところ、誰もがもう、夢中になっちまって、新富屋じゃ、雛節句だけじゃなく、盆や正月に欠かせねえ菓子になったんだとさ」

「盆には供物の茄子《なす》や胡瓜《きゅうり》なぞも拵えるのかな」

ふと洩《も》らした三吉に、

「そりゃあ、当たり前だ。茗荷《みょうが》まで拵えるって聞いたな」

「ふーん、茗荷かあ――」

三吉はまだ茗荷の味がわかる年齢ではない。

「それとさっき、おとぎ菓子は馬や牛だって言って、桃太郎や花咲爺だって言い返されたが、いい加減なことを言ったわけじゃない。遠野じゃ、牛や馬にも人と同じ話があるんだと聞いたよ。雛節句の人形にしても、牛や馬の姿をしている、附馬牛《つくもうし》人形というのが飾られるんだそうだ。遠野の今頃はまだ雪深くてね、外は雪だが、赤い毛氈《もうせん》が敷かれた上に、人形なんぞが供えられてると、家の中はもう、すっかり春なんだとさ」

季蔵は目を閉じて、色鮮やかな美しい花まんじゅうと、牛や馬を模った雛人形が、いつしか、生きた花と牛馬になる様が想像できて、

――たしかに春だ。春の躍動が感じられる。それにしても、花まんじゅうに附馬牛人形、何とも、美しくのどかで清々《すがすが》しい――

何とも深く感じ入った。

「それじゃ、あっしはこれで。今後ともよろしくお願いしやすよ」

「いい味噌が入ったら、教えてくださいい」

季蔵が吉次を見送ると、

「吉次って男《ひと》、花まんじゅうにずいぶんな入れ込みようだったわね」

「そりゃあ、この通り、美味《うめ》えんだもん、当たり前だよ」

三吉は食べ過ぎて膨《ふく》らみすぎた腹を抱え、ふうふう息をつきながらまだ食べている。

「遠野のこともくわしかったし――。もしかして吉次さん、奥州、それも遠野の人じゃないかしら？」

「けど、吉次さんの物言いはおいらたちと同じで、江戸言葉だったよ」

「そういえばそうね」

おき玖はまだ何皿も残っている花まんじゅうを見回し、

「こんなに綺麗で美味しいと、心も身体も温かくなる。きっと吉次さんもそう感じて、入れ込んじまったんでしょうね。来年こそ、あたしたちだけで作りたいものだわ。それにしても、こんなに沢山、どうしよう」

「おいら、もう降参」

と言い、腹をさすりながら井戸に水を汲みに行った三吉の後ろ姿を見送りながら、うれしい悲鳴を上げた。

しかし、案じることもなく、この花まんじゅうは三日もすると無くなった。

重箱に詰めて季蔵の元許嫁《いいなずけ》である瑠璃《るり》の元へ届けたほか、塩梅屋を訪れる客たちの土産《みやげ》に持たせると、誰もが、〝春が来た、春が来た〟と喜んで持ち帰った。

それでも、まだ多少、残っていたのだったが、三日目に若い三吉の向こうを張るほどの甘味好きが立ち寄った。

「おう」

戸口でこの野太い声がすれば、言わずと知れた岡っ引きの松次《まつじ》で、金壺眼《かなつぼまなこ》で四角い顔の中年者である。この松次の後から、ひっそりと入ってくる長身痩躯《そうく》は、北町奉行所　定町《じょうまち》廻《まわ》り同心の田端宗太郎《たばたそうたろう》であった。

「こりゃ、春だな」

松次は皿に残っている花まんじゅうを見た。色とりどりに十五個ほど載っている。

「今、すぐご用意を」

おき玖はまず、田端の酒の燗《かん》をつけた。所帯を持ってから多少、控えるようになったとはいえ、田端は今なお酒豪である。

顔が赤くならず、強いて言えば青くなる方の酒で、ただただ無言で盃を重ねる。日によっては一言も発せず、肴にも手をつけず、うわばみよろしく酒だけ飲んで帰ることもあった。

「親分は甘酒でしたね」

一方の松次は下戸《げこ》である。奈良漬け一切れでも真っ赤になって動悸《どうき》がする口で、田端へのつきあいは、ほぼ一年を通して、甘酒と相場が決まっていた。

「そうじゃねえはずだがな」

花まんじゅうをまた、ちらりと見て、松次は金壺眼を瞠《みは》った。

「宇治茶をお淹《い》れしましょう」

季蔵の言葉に、

「そうだったわ。お菓子に甘酒じゃ、あんまりですもんね」

おき玖が気がつくと、

「何でも、口に入れるもんは美味く味わってやらねえと罰《ばち》が当たる」

そう言い放つ松次は、なかなか侮《あなど》りがたい食通であった。

こうして、田端は酒を飲み、松次は花まんじゅうを十個まで腹におさめたところで、ふーっと大きな息をついた。

「お土産にお包みしましょうか」

季蔵が気をきかせると、

「そうしてもらおうか」

松次は満足げに頷いた。

いつになく田端はあまり盃を傾けない。

――酒を過ごす時は、必ず、田端様がお役目で悩んでおられる時だ。今はそうでないのだろうから、酒がお身体に障《さわ》らず、結構なことなのだが――

季蔵は感情がほとんど表れない、田端のどちらかというと、常に険《けわ》しい顔をちらちらと見ている。

――片や、松次親分の方は、いくら好きなものとはいえ、この食べ方の早さはまるで早食い競べだった。親分だけがお役目の重さに耐えかねているのだろうか?――

とはいえ、岡っ引きは定町廻り同心から手札を頂き、手足となって働く。事件に関してどちらかだけが悩みを抱えることなどありはしなかった。

するとと突然、

「酒」

田端が鋭い声で催促して、

「はい、只今《ただいま》」

おき玖の声が震えた。

「燗の酒ではなく、湯呑みの冷や酒にしてほしい」

田端はぴしゃりと言い切り、

「ったく、気が利かねえんだからな」

松次が舌打ちした。

――ここはしばらく、落ち着くのを待とう――

季蔵は手早く、小皿に赤穂《あこう》の塩を盛って田端の前に出した。

田端の好物は焼いたするめだが、こういう時は、それさえ手をつけようとはしない。

――田端様が冷やで湯呑み酒を飲まれる時は、毎晩、ろくろく眠れぬなど、よくよく悩みの深い時だ――

田端が立て続けに湯呑み酒を三杯飲み干し、表情が幾分、和《やわ》らいだところで、

「何かあったのでございますか？」

季蔵は声を低めて訊《たず》ねた。

田端はなおも無言で空の湯呑みを宙に差し出す。

「ここにお代わりが」

おき玖はあわてて、田端から空の湯呑みを受け取ると、酒を満たした別の湯呑みを渡した。

六

田端は湯呑み酒を傾け続けるばかりだったが、

「どうにも馬鹿馬鹿しくて、腹が立ってなんねえんだ」

堪えかねた松次が口火を切った。

「また、大変な事件が起きたのですか？」

「大変な事件と言って言えねえこともねえが、あいつだよ、あいつ、お助け小僧」

松次は憎々しげに口をへの字に曲げた。

「あら、また、三国一の婿取りを願う家のお宝泥棒なの」

吹き出しかけたおき玖はやっとのことで笑いを嚙《か》み殺した。

「今度の事件は今戸《いまど》の旅籠杉野屋《はたごすぎのや》で起きたんだ」

今戸の杉野屋といえば、江戸開府の頃から続く老舗の旅籠であった。

「あそこに婿を取るようなお嬢さんが居たかしら？」

おき玖は首をかしげて、

「でも、跡継ぎはお嬢さんだったわね。たいそう綺麗な上、いろいろな習い事もかなりな腕前なんだとか。男前と評判の大店《おおだな》の三男坊をお婿さんに貰って、男の子も生まれ、ほっとしたんでしょう、先代は〝婿も孫も三国一、これで杉野屋も安泰《あんたい》だ〟って、洩らして去年亡くなったんじゃなかった？」

松次は目で頷き、

「お助け小僧参上とはな」

田端はぽつりと呟《つぶや》いた。

「奴は初めて、世間で言われてるてめえの名を残したんだよ」

「何を盗ったのです？」

「狩野正信《かのうまさのぶ》ってえ絵師が描いたという、山水画だそうだ。お狩場へ出かけられた大権現様《だいごんげん》が、帰途、急な差し込みのため、しばしお休みなさった折に賜《たまわ》ったもので、もちろん、杉野屋代々の家宝だよ」

「その絵はどこにあったのですか？」

――金に換えがたい、それほどのお宝なら、大事に土蔵の奥深くにしまっておくのが普通ではないか？――

「先代が生きているうちは土蔵の中だったが、このところは客間に掛けられていた。忠義者の大番頭《ばんとう》は話したがらねえが、奉公人や近所から聞いた話では、主夫婦は苦労知らずで遊び好きだってえのさ。女将《おかみ》は大奥並みの衣装道楽、婿は飲む、打つ、買うだってえから驚きだ。湯水のように金を使ってる。それでも気でも合っていればまだ、いいが、顔を合わせれば喧嘩ばかり。そんな風だから、主夫婦は商いにも身を入れず、商いになれた大番頭が何とか、今まで、切り盛りしてきたものの、だんだんに客が減ってきた。ところが、当人たちはそれを自分たちのせいだとは露ほども思わず、ある日、女将がいっそ、あのお宝絵を飾り、銭を取って見せることにすれば、たいした噂《うわさ》になり、客が押しかけるだろうと得意満面で思いついた。その時ばかりは、たいていのことに楯《たて》をつく、酒浸《さけびた》りの婿も、客が絵を見るのに落とす銭が、酒代になるんならそれでいいと、珍しく気を合わせたんだとよ。このご時世、お宝絵なんぞにそうそう、気前よく銭を払う者は居っこねえ。噂が引き寄せた相手は、あのお助け小僧だったたってわけだよ」

「大番頭さんは商いのむずかしさを教えなかったのかしら？」

おき玖の言葉に、

「とことん苦労知らず、世間知らずのまま、遊興を続けると性根《しょうね》まですっかり、腐っちまって、人の話になんぞ、耳は貸さねえもんなのさ。ちょいと暮らしぶりのいい家に生まれた者が、前科者に堕《お》ちていくのと同じだよ。この夫婦もいずれ、互いに身を持ち崩すだろう。可愛い盛りの坊主がいるというのにな――。可哀想《かわいそう》なのは子どもだよ」

松次はしみじみと洩らし、しばし、憤懣《ふんまん》を忘れた表情になり、

「このままじゃ、そのうち、あすこの夫婦はお宝絵までも、どこぞの骨董《こっとう》好きの金持ちに売り飛ばしちまうだろう。売った金は、また自分たちの遊興で、あっという間に消えちまうはずだ。だったら、お助け小僧が盗んで、病人や年寄り、その日の飯にも事欠く貧乏人にばらまく方が、まだ、ましかもしんねえな」

つい、本音を口にし、あわてて、

「すいません、十手《じって》を預かる身でつまらねえことを申しました」

床几《しょうぎ》から飛び降りると、田端の前に座り込んで頭《こうべ》を垂れた。

田端は咎《とが》めもせず、松次がそこにいないかのように目を宙に据えて、

「お宝絵が無くなっているとわかったのは今日の朝だ。人の口に戸は立てられない。明日にでも、聞きつけた瓦版屋が面白可笑《おか》しく書き立てるだろう。ただの盗っ人をお助け小僧と持ち上げた町人たちは、自分たちが名付けた通りを名乗って、盗みを働いたとあれば、狂喜乱舞するはずだ。お助け小僧は自分たちの強い味方だと思い込む。わからないでもない。しかし、今後、その名は市中に轟《とどろ》き、お上の威信は損なわれ、いい笑い者になる」

眉間《みけん》に皺を寄せた田端は、今年に入って、一番長く話を続けた。

「それで、何としてでも、お宝絵を探し出し、お助け小僧を引っ捕らえろと、年番与力《ねんばんよりき》様からきついお達しが田端の旦那に下ってるんだよ。これはもう、どっちも、雲を摑《つか》むような話なのさ。前の婿取り祈願の家のように、夜更けて、庭から忍びこまれて盗られたんじゃねえんだから。あいつ、手口を変えやがったんだ」

代弁した松次に、

──夜の闇《やみ》に紛れずにどうやって盗み出したのだろう──

「どのように変えたのでしょう?」

季蔵は知らずと身を乗りだしていた。

「お宝絵は仲居たちが掃除をして出て来た後、煙のように消えちまったんだ。仲居頭《がしら》が床《とこ》の間に花を活《い》けに行って、気がついて、腰を抜かしちまったんだよ。その間は一、二、三

と数えて、五十までも数えきれなかったそうで、それほど短い間だったんだと」

「信じられないわ」

　仰天したおき玖は、

「それじゃ、まるで、手妻《てづま》（手品）――」

　小声で呟いた。

　――なるほど、手妻か。これは言い当てているかもしれない――

「是非とも、煙を元に戻したいですね」

　季蔵は語調に力を込めた。

　――白昼、何人もの人たちの目の前から、あったものが無くなるなど、仕掛けなしでは考えられない――

　すると、素早く松次は季蔵の耳に口を寄せた。

「せめて、この辺でお宝絵だけでも見つかれば、お上の面目は立つんだが――」

　頷いた季蔵は、

「どうか、明日にでもわたしを、杉野屋のその部屋に連れて行ってください。お願いいたします」

　田端に向かって深々と頭を下げた。

　こうして季蔵は田端や松次と共に、杉野屋の二階の客間に立った。

　床の間には、満開の菜の花と蕾《つぼみ》が膨らみ始めた桃の枝が活けられている。あったはずの掛け軸の絵の部分が鋭い刃物ですっぱりと切り取られている。壁には掛け軸を吊すための金具が取り付けられ、掛け軸の天上《てんじょう》と言われる部分が、掛緒《かけお》と呼ばれる紐でゆらゆらとぶらさがっている。床板には、掛け軸の地下《じげ》を挟んだ軸木がころんと転がっていた。

「これじゃ、掛け緒や軸木が気の毒だよ。何とも様にならない様子だろう？」

松次は顔を顰《しか》め、

「掛け軸になるよう、仕立てられた絵だけが無くなったのですね」

季蔵は念を押した。

「絵が無くなった時、居合わせていた人たちの話を聞きたいのですが」

「それなら、もうとっくに聞いたぜ」

松次は眉を上げたが、

「もう一度、聞くことにしよう」

田端に命じられ、渋々、奉公人たちを呼びに行った。

まず初めに無くなっているのを見つけたという、仲居頭が三人の前に座った。

生真面目《きまじめ》できびきびとした印象の大年増《おおどしま》で、

「客間で花を活けるのは、本当は女将さんの仕事なんですが、今はあたしが代わってやってます。お上手な女将さんと違って、あたしのは見様見真似《みまね》ですから、せめて客間ではないところで心も背中もかちかちに強《こわ》ばらせながら活けます。転んだりして、せっかくの生け花を駄目にしないよう気をつけて、階段も一段一段、ゆっくりと上がるようにしています」

季蔵が五十数えられないうちに、絵の紛失を見つけた事実に言及すると、

「五十という数はあたしが申し上げました。何もかもてきぱきとやってのけなければ、他の仲居たちへの示しがつきませんから。いつも、客間用の花は掃除の前に活けてしまっておいて、掃除が終わるのを待って運んでいます。ゆっくりと心して運ぶので、役目を終えるまで、ちょうど、五十、数えられるか、どうかなんです」

「ということは、客間の襖《ふすま》を開けるとすぐ、無くなっているのがわかったのですね」

「はい、そうです。間違いありません」

言い切った仲居頭に替わり、掃除をしていたという仲居たち三人が呼ばれた。

島田の髷《まげ》が小さい三人は、ほとんど化粧をしておらず、まだ少女のように無邪気であった。

七

田端と松次は、仲居たちと向かい合っている季蔵から離れて座り、お手並み拝見とばかりに聴き耳を立てている。田端は目を閉じ、松次の方は大仰《おおぎょう》に腕組みをしていた。

「お宝絵が消えてなくなる前の様子を話してください」

季蔵は目のくりくりと大きい一人目に訊いた。

「あたしたち、いつものように丁寧に掃除をしました。ここはお足を払ったお客様がおい

でになるところだから、塵《ちり》一つあってはいけないと厳しく言われているので、皆、一心不乱に箒《ほうき》や塵払《ちりはらい》、雑巾《ぞうきん》を使いました」

「部屋を出る時にはお宝絵はあったのですね」

「たしかにありました」

「間違いありませんね」

季蔵がほかの二人に念を押すと、こくっと二人も頷いた。

「ところで三人同時に部屋を出たのでしょうか？」

「ええ、そうだったと思います」

二人目はのどかな丸顔をしている。

「そうだった？　昨日のことなのに曖昧《あいまい》ですね」

季蔵が追及すると、

「最後に出たのはあたしです」

三人目はやや吊り上がった目をした細面《ほそおもて》である。

「あなたが見た時もお宝絵はあったのでしょうね」

「はい、もちろん」

――そこにあったものが瞬時に消えてしまうなぞあり得ない。一つ試《ため》してみるか――

「袂《たもと》が切れていますよ」

季蔵は三人目の片袖を見た。

「あっ」

袂を押さえて三人目は一瞬、青ざめたが、切れていないと触ってわかると、

「お宝絵はたしかにございました」

と季蔵を睨みつつ、また繰り返した。

――この三人が盗みに加担しているのがこれでわかった――

季蔵は問い掛けを一人目に戻して、

「ところで、この部屋の襖は取り替えたばかりのようですね」

真新しい引き手を見つめた。

「はい、そうです。ここは特別な部屋なので、襖が少しでも汚れると、取り替えるようにしています」

「取り替えたのはいつのことです？」

「つい、十日ほど前のことでした」

「出入りの襖職人はどこの何という名ですか？」

「いつもの人だと思いますが、念のため仲居頭に訊いてください」

一人目の大きな目の仲居が狼狽《うろた》えると、

「あたしの兄さんは襖職人で、ここの仕事をしているんです」

三人目が気丈に胸を張って、

「この襖も兄さんが張り替えました」

「なるほど」

　立ち上がった季蔵は、真新しい襖をまじまじと四方から見据え続けると、縁の縦に目を這《は》わせ、僅《わず》かに色の変わって見える部分を指で摘《つま》み上げた。

　縁の一部が取れて、ぽっかりと四角い穴が空いた。

　季蔵はそこへすっぽりと腕の半分を差し入れ、枠組みと下張りの紙の間に挟まれているお宝絵を引き出した。

「ここにありました」

　季蔵は田端たちにそのお宝絵を見せた。

「よりによって、こんなところに仕掛けがあったとはな」

　松次は縁が欠けている新しい襖を仇《かたき》を見る目で睨んだ。

　季蔵からお宝絵を渡された田端は、以下のような文《ふみ》が重ねられていることに気づいて読み上げた。

「銀《しろかね》も金《くがね》も玉も何せむにまされる宝子にしかめやも。以後、我が子を慈愛せぬ場合は、子泥棒にご用心されたし、お江戸の山上憶良《やまのうえのおくら》ことお助け小僧」

　そのとたん、三人の仲居たちが手を叩《たた》いた。

「やった、やったわね」

「よかったわ」

「あたしたちの想い、これで通じるわ」

仲居たちの目はうっすらとうれし涙で濡《ぬ》れている。

「どうして、お助け小僧と仲間になったのです？」

季蔵は再び三人と向かい合った。

「それはここの旦那様や女将さんが、まだ九つにもならない坊っちゃまに寂しい想いをさせているからです。何もかも、あたしたち奉公人に任せっぱなし。お二人は日々、ご自分たちの遊興と喧嘩に明け暮れていて、坊っちゃまと何日も顔を合わせなかったり、言葉を掛けなかったりは当たり前で、それでいて、外へ遊びにお連れしたりすると、何かあっては困ると厳しく叱られるのです。坊っちゃまは外遊びがしたい盛りで、まだまだおとっつぁん、おっかさんに甘えたい年齢です。それで、あたしたち、これではあんまり、坊っちゃまが可哀想だと思ってました」

一人目は強い目を向けて、

「大番頭さんに話しても、奉公人の身分では意見なぞできはしないと、逆にお説教されてしまいました。そんな時、三月《みつき》ぐらい前からうちに出入りを始めた、煮豆売りの吉次さんが相談に乗ってくれたんです」

と続けた。

──あの吉次さんが──

季蔵が唖然《あぜん》とした。

「吉次さんはお助け小僧なら何とか、旦那様たちを懲《こ》らしめられるかもしれないと言いました。お助け小僧と親しくしているわけではないが、耳に届けることはできると請け合ってくれました。あとのことは、吉次さんがお助け小僧の計画を伝えてきて、あたしたちは言われた通りにしたんです」

二人目は丸顔を引き締めるように唇を嚙んだ。

「お助け小僧の案で、襖の取り替えに便乗した仕掛けが作られ、その中にお宝絵を隠したのですね」

季蔵は三人目を見据えた。

「仕掛けは襖職人の兄さんが作りました。お宝絵が皺になったりしないよう、掛け軸から切り落とした大きさに、枠組みをきっちり合わせたんです。お宝絵を掛け軸から切り取って、襖に隠したのはあたしです。騒ぎになって五日ほど過ぎたら、襖から出して、お助け小僧の文を旦那様、女将さんに見せる手はずでした」

三人目は頭を垂れた。

聞いていた松次は、真っ赤な顔で憤怒《ふんぬ》も露《あら》わに、

「何ってえ人騒がせなんだ、お上を馬鹿にするにもほどがある。こっちはろくろく夜も眠れなかったんだぜ。煮豆売りの吉次なら知ってる。ひっつかまえてお助け小僧の居所を吐かせてやる」

今にも走り出しそうである。

「まあ、待て、早まるな」

田端は止めて、

「吉次とやらがお助け小僧であるのかもしれぬ」

季蔵の顔を見た。

「あいつがお助け小僧？　あんなどうということもない奴が？」

首をかしげた松次に、

「人は見かけによらぬものだ」

田端は諭《さと》すように言った。

「それはあり得ることです」

季蔵が相づちを打つと、

「もしくはお助け小僧の手下であるのかもわからぬが、敵はこれだけ周到な計画を実行したのだ。今更、追ったところで見つかりはするまい。今はこの事件をどう収めるかが問題だ」

田端はのそりと立ち上がると、仲居たちを真向かいから見据えて、

「おまえたちは本来、盗っ人である。盗っ人も十両以上盗めば打ち首。女とて容赦はせぬ御定法《ごじょうほう》だ。だが、これが夢だったと認めて綺麗さっぱり忘れれば、盗っ人の罪などありはしなかったことになる。よいな」

有無を言わせぬぴしりとした物言いをした。

「おっしゃるように夢でした」

「お宝絵のことなど何も知りません」

「煮豆売りの吉次さんやお助け小僧は、夢に出てきただけです」

三人が各々《おのおの》、操《あやつ》られたかのように呟くと、

「代わって、主夫婦をここへ。不在ならば、どんなことをしても探し当てて、連れてくるようにと大番頭に言いつけろ。それまで我らはここを動かぬぞ」

それから一刻半（約三時間）ほどして、主夫婦が部屋の前に立った。

すでに喧嘩は始まっていて、障子越しに争う声が聞こえてくる。

「あら、もう、こんな時分。あんたがわざわざ神田《かんだ》まで出かけて、茶屋酒にかまけてるからですよ。おおかた、目当ての茶屋娘がいるんでしょうけど」

「おまえだって、男前の呉服屋の手代に新柄の反物《たんもの》を運ばせ、全部置いて行かせたと聞いたぞ」

「買い物はあたしの命。日々の習い事に替えて着ていく着物は特に大事。酒が命の道楽婿に言われる筋はありません」

「それにしても、おまえの買い物は度が過ぎる。しなびた年増が何を着ても無駄なのに——。手代の褒め言葉なぞ世辞も世辞、大世辞だ」

「何と言われようと、あんたの酒や女よりはずっとまし、それにあたしはここの総領娘なんですからね」

「そのおまえがお宝絵で急場を凌《しの》ごうなぞと、つまらない思いつきをしたから、お助け小僧につけ込まれたんじゃないか」

――やれやれ、互いに自分を棚に上げて相手のせいにしているのだな。このような大人げのない両親《ふたおや》では、たしかに子どもが気の毒だ――

季蔵は情けなく思った。

第二話　鮟鱇《あんこう》武士

一

「それもこれもみんな、婿のあんたの甲斐性《かいしょう》がないせいですからね」

女将《おかみ》の金切《かなき》り声が一段、二段と跳ね上がったところで障子が開いた。

「お呼びと聞きましたが、いったい何ですか？」

ぞんざいな口調の主《あるじ》は浅く頭を下げ、

「何でしょうね？」

女将は鬱陶《うっとう》しそうに田端《たばた》の顔を上目《うわめ》づかいに見た。

小柄だが目鼻立ちの整った主は、小袖《こそで》と対《つい》の大島紬《つむぎ》の長羽織をぞろりと着こなし、いわゆる可愛《かわい》げのない狐《きつね》顔の女将の方は、年不相応にして不似合いな、御所車と手鞠《てまり》の描かれた友禅の着物姿である。

二人ともしなを作って立っていて、

――こいつは驚いたな。まるで役者気取りだな――

松次《まつじ》は呆《あき》れかえって、

「まあ、ここへ座んな」

わざと十手《じって》を振りまわして夫婦を下座に座らせた。

「まずは」

田端はまずお宝絵を差し出した。

「見つけてくださったんですね。ありがとうございました」

さすがに主は押しいただき、

「ああ、よかった」

女将は胸を撫《な》で下ろし、

「これで亭主に嫌味を言われずに済みます」

「それでは」

主が腰を上げ、

「御礼は後で大番頭が――」

女将がにっと精一杯の愛想笑いを振りまいた。

「待て」

田端は低いが凄味《すごみ》のある声で呼び止めた。

「五十数え終わらないうちに無くなったお宝絵が、どこから出てきたのかと気にならんのか？」

「旦那方があちこち探してくださったんでしょう?」

主は咄嗟《とっさ》に応《こた》えた。

「この部屋の天井裏から出てきた」

「そんなことあるもんですか」

女将はムキになって、

「畳まで上げて、ここはもう、さんざん探したんですから」

「これを見よ」

田端はお助け小僧からの文《ふみ》を二人の前に突き出して、

「この山上憶良の歌はどんな宝も子宝には及ばないという、親の子への無償の愛を詠《よ》んだものだ」

「それならよく存じています、万葉集の読み会にも通っておりますから」

女将はつんと鼻を尖《とが》らせた。

「お助け小僧はおまえたちが自分たちの遊興にばかりかまけていて、我が子をないがしろにしていると言っているが真実《まこと》か?」

田端は主を見据えた。

「滅相《めっそう》もございません。可愛い一粒種の倅《せがれ》です。これだけは女房とも気を合わせて大事に大事に育てています」

主は心外だと言わんばかりに田端を睨《にら》みつけ、

「本当です。あたしたちの絆《きずな》はあの子だけなんですから。外遊びをさせないのも、あの子に何かあったらいけないと心配のあまりです。その代わり、欲しいというものは何でも与えています」

女将は一瞬、ちらっとだけ母親らしい顔になった。

「そうか――」

田端は一つ大きなため息をついて、

「おまえたちはあくまでも、親の情愛を子どもに注いでいると言い通すのだな」

「はい」

二人は返事が重なった。

「だが、お助け小僧はそうは思っていないようだ。おまえたちが子を想《おも》っていると言いつつ、遊興に浸《ひた》ってばかりいたら、この店はどうなる？　如何《いか》に忠義者の奉公人が揃《そろ》っていても、店は船と同じで主が舵《かじ》を取るものゆえ、主が怠けていては、いずれ店仕舞いを余儀なくされる。挙げ句は倅ともども路頭に迷うほかない。商いを疎《おろそ》かにするは、倅のことなぞ、何一つ想わぬ鬼親だとわしも思う」

そこで一度言葉を切った田端は、

「それにしても、お助け小僧というのは、忍び込むのがことのほか達者だ」

松次に先を譲った。

目で合点した松次は、

「あんたたちも探したろうが、こっちもこの部屋は昨日、ぬかりなく調べた。その時、お宝絵もそのお助け小僧の文も無かった。なのに天井裏で見つかったってえことは、あいつ、一度盗んだお宝絵をまた、返しに来たってことだね。こりゃ、てえへんだね。煙みてえってえのはやつのことで、うかうかしてると、もう、ここにはお出入り自由みてえなもんだ。文に書いてあるように、子どもと言わず、人の息まで盗みかねねえな」

持ち前の金壺眼《かなつぼまなこ》を精一杯瞠《みは》って、はったりを利かせた。

「子ども――」

「人の息まで盗む――」

二人は青くなって顔を見合わせた。

「親の因果が子に報《むく》いというが、どうせ、路頭に迷う身なら、成仏させてやった方がいいなんて思うかもしれねえな、お助け小僧は。何しろ、相手はとうに御定法を破ってる盗《ぬす》っ人《と》なんだ。何をするかわかるもんか」

さらに松次は煽《あお》り立てて、

「助けてください」

「どうかお守りください」

夫婦は震え声を上げた。

わざとふんと鼻を鳴らした松次は、

「お助け小僧はあっしたちが間違いなくお縄にする。だが、あいつのことだ、こうして気になってるあんたたちから、決して、目を離さねえはずだ。くれぐれも遊んでばかりいねえで、商いに身を入れ、日に一度ぐれえは、子どもと一緒に膳を囲んで、優しい言葉の一つもかけてやるこったな。いいか、もう一度言う。千里眼のお助け小僧はおまえたちを見張ってる」

脅すように諭《さと》して話を締め括《くく》った。

塩梅屋《あんばいや》に戻った季蔵《としぞう》は、仲居たちや吉次《きちじ》が絡んでいたことは伏せ、田端と松次が主夫婦に告げた通りをおき玖《く》に話した。

「お宝絵、どうなったの？」

聞き囓《かじ》っていたおき玖は、とにかく知りたがった。

主夫婦の自堕落な暮らしぶりが改まると知って、

「それじゃ、お宝絵がなくなったことは杉野屋《すぎのや》にとって怪我《けが》の功名だったってわけね。大丈夫、ご主人や女将さん、可愛い我が子のためですもの、きっと働き者のいいおとっつぁん、おっかさんに変われるわ。やるわね、お助け小僧」

おき玖は明るい声を出した。

それから、何日かして、

「大変、大変」

使いから戻ってきた三吉《さんきち》は、

「お助け小僧、今度は落ち目の旅籠《はたご》の杉野屋からお宝絵を盗んで、返した、その際、昔の人の歌を文に書いて、商いや子どもをかまわねえ主夫婦を説教したっていう、もっぱらの評判だよ。表通りで、この話を書いた瓦版《かわらばん》が飛ぶような売れ行きなんだ。驚いたよ。これからは、お助け小僧じゃ、申しわけない、説教お助け様って呼ぼうなんて言ってる人までいた。お助け小僧、名を上げただけじゃなく、偉くなったよね、いいね、いいよね、お助け小僧、おいら、大好きだ」

謳《うた》うように話して、すっかり興奮気味であった。

田端や松次が塩梅屋を訪れ、お宝絵の話を聞いた時、三吉は遣いに出ていて居なかったので、季蔵が関わった事実ともども、事情は何も知らずにいた。

それで、少しも驚かない二人に、

「どうしたの？　もう誰か、お客さんに聞いちまってたとか？」

三吉が拍子抜けした様子でいると、

「その話、聞きたくないな」

いつになく、むっとした季蔵は、がたんと大きな音を立て、開けた勝手口の戸を閉めると離れへ行った。

しばらくして、茶を運んできたおき玖は、

「三吉ちゃん、すっかり、しょげちまってる。今、市中じゃ、たいしたお助け小僧人気で大人も子どもも夢中。三吉ちゃんがはしゃぐのも仕様がないことなんじゃない？」

季蔵は無言でいる。

――なにゆえか、怒りを止めることができなかった――

「季蔵さんはどう思ってるの？　お助け小僧のことを――」

――盗みさえしなければ――

季蔵は天秤《てんびん》棒を担いで、懸命に煮豆や味噌を売り歩き、巧みに花まんじゅうを拵《こしら》えていた吉次の器用な指先を思い出していた。

顔や姿こそ、どこと言って特徴のない吉次だったが、手に限っては肉厚な掌が大ぶりな割りにはしなやかで、白魚を並べたかのような指先がよく動いた。

――思えばあの手はそもそも、棒手振《ぼてふ》りのものではなかったな――

器用な指先が最も役に立つ稼業は掏摸《すり》である。

二

――もしや、元は吉次さんも――

そう思いかけて、あわてて、心の中で首を横に振り、

「盗みにかける知恵や力を、まっとうな働きに使ってほしいものです」

「たしかにね」

おき玖も頷《うなず》き、

「どんなに瓦版が書き立てて、みんながもてはやしても、捕まれば打ち首、ですものね」

声を湿らせて、

「だから、あたしはこれ以上、名前が上がらない方がいいと思ってるの。騒がれれば必ず、お上は草の根を分けても探し出すだろうし。お助け小僧には捕まってほしくないわ」

――そうだったのか――

自分も心の底ではお助け小僧を案じているのだと季蔵は気がついた。

――吉次さんは商いでこそ、愛想を振りまいていたが、ふとした弾みに黙り込むと、とりつくしまがなかった。仲間や友達と酒を酌み交わすこともなかったようだし、わたしも一度誘って、酒は一人酒に限ると断られた。そんな吉次さんが、たとえ相手がお助け小僧でも、親しくなって、手下になっていたとは思えない。だとすると、お助け小僧は吉次さん本人に間違いない――

田端が言い当てたように、その後、煮豆売りの吉次は姿を見せなくなった。

吉次が立ち寄っていると話していた何軒かの料理屋に足を運んだが、

「そういや、このところ来ないねえ」

「あの人の奥州味噌は絶品で、客に喜ばれてたのに残念だよ」

という答えばかりで、何ら手掛かりは得られなかった。

そこでとうとう、季蔵は吉次が花まんじゅうを習ったという新富屋《しんとみや》まで出向いた。

先方は吉次の出入りこそ認めたが、親しいはずの手代などいず、

「花まんじゅう？　きっと綺麗《きれい》な春らしい菓子なんでしょうね。ほう、遠野の名物だった

んですか。知りませんでした。何せ奥州は広いですから」

困惑気味の応えが返ってきた。

――あの時のお宝絵と同様、吉次さんまで煙のように消えてしまった――

お助け小僧の噂《うわさ》も鎮まって、季蔵はこのまま、吉次もお助け小僧も現れないことを祈った。

十日ほど過ぎたそんなある夜のことである。

暮れ六ツ（午後六時頃）の鐘が鳴り終えるのを待ち兼ねたように、北町奉行の烏谷《からすだに》椋十郎《りょうじゅうろう》が腰高障子を開けて、丸い大きな顔を覗《のぞ》かせた。

「まあ、お奉行様」

おき玖があわてたのは、烏谷が何の前触れもなく訪れたからであった。

――これは手強《てごわ》いな――

季蔵は観念した。

――お役目が下るのだろう――

季蔵には料理人のほかにもう一つの顔がある。北町奉行烏谷の下で隠れ者を務めていた。先代の塩梅屋主長次郎《ちょうじろう》から引き継いだお役目であった。

――お奉行が文も寄越さずにおいでになるとは、急ぎのお役目に違いない――

よく肥えて腹が布袋《ほてい》のように突き出た烏谷は、名うての食通であり、美味《うま》いものを食べるのが目的の時は、前もって、文で催促してくることが多かった。

「何でもよい、文句は言わぬ。するりと入るものを食べさせてくれ。酒は要らぬ」

酒を所望しないのも、魂胆のある証《あかし》であった。

「それでは、菜の花うどんをお作りしましょう」

季蔵はまずは烏谷を離れに案内して、おき玖に茶を運んでもらい、菜の花うどんに取りかかった。

これは平打ちひものように薄く平らに切った尾張の干しうどんを茹《ゆ》でて作る。箸《はし》でよく溶き混ぜた卵に、豆乳を少々加えて、鰹《かつお》風味の煎《い》り酒で調味したたれを拵えておき、茹で立ての干しうどんによく絡ませて仕上げる。

薬味は小口に切った浅葱《あさつき》だけであった。

たいていは卵一個なのだが、烏谷には特別に三個も卵を使った。その分、卵の黄色が際《きわ》立《だ》って一層明るく見えて、

「まるで日溜《ひだ》まりを食すようだ」

烏谷は歓声を上げた。

あっという間に食べ終え、

「このように温かく美味いものを、なにゆえ、今まで食わせてくれなんだ?」

もう一杯と鉢を差し出した烏谷に、

「申しわけございませんが、できません」

季蔵は頭を下げた。

「ふむ、どうして出来ぬのだ？」

烏谷は不服そうに鼻を鳴らした。

「豆乳を加えねば、卵の生臭さがやや際立って、ここまでまったりとした味にはなりません。その豆乳というのが、昨夜、お客様方にお出しした明日香《あすか》鍋で使った僅《わず》かな残りでした」

「そうか、ないのであれば仕方なかろう」

「何か、別のものを召し上がりますか？」

「いや、結構」

烏谷はかしこまっている季蔵を見据えた。

「実はな――」

――いよいよ、始まった――

「そちが杉野屋に出向き、お宝絵の探索をしたという話を田端から聞いたぞ」

――田端様はお奉行に真相を告げてしまったのか――

季蔵は三人の仲居たちが罰せられるのではないかと気が気ではなかった。

「何でも、山上憶良と名乗ったお助け小僧は、盗んだお宝絵を返し、怠け者で子の成長には妨《さまた》げになる主夫婦を懲らしめたのだという。これには田端だけではなく、松次も加わって、謎解《なぞと》きあり、説教ありのたいした大舞台だったのだとか――是非とも、わしもこの目で観《み》てみたかったものじゃな」

──お奉行は何もかもご存じで、田端様の作った筋書きに乗っておられる──

ひとまず季蔵は安堵《あんど》した。

「お助け小僧は盗っ人だが、杉野屋の主夫婦は盗っ人にも劣る。しかし、この一件で、多少は了見を改めて商いに励むだろうから、まあ、これはめでたし、めでたしだ。お助け小僧に礼を言いたいくらいだ」

断じた烏谷に、

──お奉行はいったい、何をおっしゃりたいのだろう──

再び季蔵は不安になった。

「ここで困るのは、巷《ちまた》でのお助け小僧の人気だ。盗っ人にこれほどの人気が集まっては、ご政道に翳《かげ》りが生じる」

「お役目はお助け小僧の探索、捕縛でございますか」

心の裡《うち》を悟られないようにと季蔵は思わず目を伏せた。

「いずれはそうなろう。だが、今、そちに頼みたい用向きはそれではない」

季蔵が目を上げてみると、烏谷はやや倦《う》んだ表情で、

「こんなことまで、町奉行のわしが引き受けねばならぬかと思うと、いささか、うんざりでもないのだが、奥州の磐城平《いわきたいら》藩とは抜き差しならぬ縁があってな。食通同士のよしみで引き受けてしまった──」

額に噴き出た冷や汗を拭《ぬぐ》った。

「お大名に関わるお役目とは――」

町奉行所の取り締まりは市中の町人までで、大名ともなれば大目付《おおめつけ》の守備範囲であり、いかなることがあっても介入は許されない。


――秘密裡に動ける者ということで、わたしに声が掛かったのだな――

「藩主安藤対馬守是正《あんどうつしまのかみこれまさ》様の父君で、昨年、亡くなられた是道《これみち》様がことのほか食通であられたのだ。どこからか、わしのことを耳にされ、一夜食いの宴《うたげ》に招かれたことがあった。磐城平藩はよい漁場に恵まれていてな。特にがぜと呼ばれる海胆《うに》や鮑《あわび》、鮟鱇《あんこう》の絶品が獲《と》れる。これらを昼夜休まず、馬から馬へ乗り継いで、江戸屋敷まで運ばせ、料理してもてなすから、是非とも、おいでいただきたいと誘われると、とうてい、断りきれるものではない。ついつい、食い意地に負けて、座に連なってしまったのだ。ちなみに、ひと晩かけても、食べきれないほどの魚貝料理でもてなすから、一夜食いなのだそうだ。もう、かれこれ、七年は前のことになるが、その時、父君とご一緒だった対馬守様は御年十八歳、わしのことを覚えておられて、今回、相談事をもちかけてこられたのだ」

「相談事というのは何だったのでございますか？」

――お助け小僧とどう関わるのか？――

季蔵は見当がつかなかった。

「お助け小僧はついに磐城平藩を狙《ねら》ったのだ。上屋敷にある土蔵が破られ、勘定方を務める中川新之介《なかがわしんのすけ》という者が、匕首《あいくち》で背中を刺されて息絶えていた。盗まれたのは千両箱一つ。土蔵の壁に〝お助け小僧参上〟と書かれた紙が貼られていた」

「そんなことが――」

思わず季蔵は絶句した。

――花まんじゅうを見て目を細めていたあの吉次さんが、人を殺《あや》めるとは信じ難い――

「どうやら、そちも市井《しせい》の皆の者同様、お助け小僧贔屓《びいき》のようだな。たしかに今まで奴は人殺しはしなかった。だが、今回、書いてあったのは、自分の名だけではない。向かいの壁にも文はあった。血で〝天誅《てんちゅう》、外の骸《むくろ》、鮟鱇《あんこう》武士につき命不要なり〟と書かれていたのだ」

三

鮟鱇は体長一尺七寸（約五十センチ）から五尺（約百五十センチ）ほどの深海魚で、大きなものになると八貫（三十キロ）を越える。

体全体の約三分の一を頭部が占めている頭でっかちの奇怪な風貌《ふうぼう》で、見つめ合うと思わずどきりとさせられる鋭い目を持っている。

また、大きな魚でも丸飲みにしてしまう横に広がった口は、捕らえた魚を逃さないよう鋸《のこぎり》状のぎざぎざした歯を兼ね備えてもいる。

〝鮟鱇は唇ばかり残るなり〟と川柳に歌われていることからわかるように、体の部位をほとんど残さずに食することができる。

脂が乗っていながら上品な白身の肉や旨味《うまみ》が凝縮された肝の味は、およそ風貌からは想像もつかないほど美味であった。

初冬から早春までの時季が旬で、〝霜月あんこうは絵に描いても舐《な》めろ〟と謳われるほど江戸っ子にも人気であった。

「殺された中川新之介様には、何か後ろ暗いところでもあったのでしょうか？」

鮟鱇は海底に静止していて、泳ぐことはなく、頭上にある突起で魚を誘い寄せて、水ごと呑み込んで食べてしまう。動かずに暗いところでひたすら食べ、成長し続けることから、〝暗愚魚〟と呼ばれたのが、鮟鱇の語源であった。

風貌と暮らしぶりが相俟《あいま》って、鮟鱇という魚には何やら、貪欲《どんよく》な悪党の印象が否《いな》めない。

それゆえ、鮟鱇武士とは口では偉そうなことを言っていても、その実、卑怯《ひきょう》この上ない何もせずに美味《うま》い汁だけ吸おうとする、堕落した侍のたとえであった。

「はて――」

烏谷はぎょろりと目を瞠った。

「まずはそちの考えを訊《き》きたい」

「そう仰《おお》せられても、わたしは殺された中川様とは一度も会ってはおりませんので、何とも申し上げようがありません」

「ならば、思い浮かんだことを申せ」

「お助け小僧は今まで、市井の家に入ってお宝を盗むだけでした。それが今回は磐城平藩の上屋敷とは――。ずいぶん、思い切ったことをしでかしたものだと驚きました」

「それだけか？」

「旅籠の主夫婦を諭したように、中川様を糺《ただ》したかったのだとは思いますが――」

言葉に詰まったのは、それでも尚《なお》、あの吉次のお助け小僧が如何《いか》なる理由があろうとも、人を殺めるとは思い難かったからである。

「人を殺めたのは、お助け小僧らしくないとでも言いたげな顔だな」

――子のために親の怠慢さを糺した者が、命を奪うことなど出来るものだろうか？――

「ええ、まあ」

曖昧に頷くと、

「その狼狽《ろうばい》ぶりは、まるで、お助け小僧を知っているかのようだぞ」

烏谷の指摘は鋭かった。

「よく知っております」

季蔵は相手から目を逸《そ》らさずに、

「このところ、うちへおいでになるお客様方や田端様、松次親分からたっぷりと聞かされております。いつしか、お助け小僧に肩入れしたくなるほどに――」

「なるほどな」

烏谷は一応得心し、

「弱い者に施《ほどこ》すために盗っ人を働く、お助け小僧の肩を持ちたくなるとは、そちも市井に暮らすのがすっかり板についたのう」

しみじみと洩《も》らした。

――よかった、悟られずに済んだ――

季蔵は心の中でほっと胸を撫《な》で下ろした。

「殺された中川新之介は対馬守是正様の覚えがめでたかった。なぜなら、中川は対馬守様がご幼少のみぎり、お側《そば》近くに仕えていた小姓の一人だったからだ。国許《くにもと》のお側室を母君に持たれる対馬守様は、十年前、年齢《とし》の離れた兄君が亡くなった後、父君の跡を継ぐべく、住み慣れた磐城平を後にされて江戸へと入られた。この折、中川新之介だけはどうしても連れて行くと、対馬守様が切に望まれ、随行の運びとなったのだと聞いた」

「中川様のお仕事ぶりは？」

「中川家は代々、勘定方でたいそう算盤《そろばん》が達者であるという」

「剣術のたしなみは？」

「算盤侍は、とかく剣術が得手ではないものなのだが、中川新之介は違ったそうだ。何でも、小姓時代、対馬守様と凧上《たこあ》げに出かけた折、狼藉《ろうぜき》を働こうとした者と遭遇してからというもの、命にかえても対馬守様をお守りせねばと剣術に励み、藩内屈指の遣い手となったそうだ。そして江戸においても、対馬守様の良き稽古《けいこ》相手を務めていたそうだ」

――剣の遣い手が、匕首で後ろから刺されるなどということがあるものだろうか――

「得心が行きません」

　季蔵の指摘に、頷く代わりに烏谷はにやっと笑った。

「調べてくれぬか。これは中川新之介に限って、死して鮟鱇武士の誹《そし》りを受けるはずはない、きっと裏に何かある、中川の身の潔白を明らかにしたいと願う、対馬守様じきじきのお頼みなのだ。そもそも、鮟鱇といえば水戸藩、棚倉《たなぐら》藩、そして磐城平藩の名物で、対馬守様はご幼少の頃から大好物であられる。このお故郷《くに》ならではの美味い魚を、忠義の家臣に掛けて書き残したのは何とも許せぬ、中川のみならず、磐城平藩への侮辱だとたいそうなお怒りなのだ。何としても、お助け小僧が残した文字の真偽を、明らかにしたいとおっしゃっておられる」

「しかし、わたしがどうやって――」

　――大名家に市井の者が出入りすることなぞできはしない――

　季蔵が当惑の目を向けると、

「磐城平藩上屋敷の料理人は父君の是道様がご正室様をお迎えになる前から、安藤家に仕えている、六十歳を越えた老爺《ろうや》だ。女房をとうに亡くしているこの者は、もうかれこれ五年も前から暇を願い出ている。せめて箱根の湯にでも浸かって、故郷へ帰り、孫の顔を見ながら死にたいというのだ。なるほど、わからぬでもないな。口の肥えた対馬守様は故郷の味にうるさく、なかなかお許しにならず、また、これといった後釜《あとがま》も見つかっていない。そんな折、この者が病に臥《ふ》したとあってはどうなる？」

烏谷は大きな目をくるっと楽しげに回した。

「老いたその料理人を、病にしようとなさっているのはお奉行ですね」

季蔵は呆れたが、

「なに、まだ、ぴんしゃんしているうちに、念願の湯治をさせてやろうと、計らったのだ。驚いたことにこの老爺には老婆の茶飲み友達までいて、湯治は二人して出かけるという。心優しきねぎらいとは思わぬか？　対馬守様には老いぼれならではの病ゆえ、しばらく、湯治させてはいかがかと申し上げた」

「ようは、このわたしに磐城平藩の料理人を務めよとおっしゃるのですね」

——無茶すぎる——

「大名家の江戸屋敷の中で起きたことゆえ、生半可《なまはんか》な調べでは真相へは行きつけない。頼む」

「わたしは磐城平藩へは旅したこともなく、ましてやお郷里《さと》ならではの料理なぞ、出来はしません」

——お殿様のお気に召すものを作れるはずもない——

「いや、出来る」

烏谷は言い切った。

「成せば成る。物事は全《すべ》てそういうものだ」

有無を言わせぬ押しの強さに辟易《へきえき》した季蔵は、〝わかりました〟と応える代わりに、しばし無言を続けた。

この後、

「まずは鮟鱇じゃな。これを極めねば是正様の御膳は作れまい。早速、明日、鮟鱇を届けることとしよう」

烏谷は帰って行った。

この夜、季蔵は夜っぴて長次郎の日記と向かい合った。

「精が出るのね」

おき玖が茶を淹れてきて、

「あら、鮟鱇？」

季蔵が読んでいる箇所を覗き込んだ。

「鮟鱇はとっつぁんに教わらず終《じま》いでしたので」

「お奉行様からのお仕事？」

季蔵はどきっとした。烏谷に負けず劣らずおき玖も勘がいい。

——しかし、何も、裏の仕事を見破られたわけではない——

おき玖は自分の父親が隠れ者だったことさえ知らない。

「明日、鮟鱇をお届けくださるそうです」

季蔵は磐城平藩の老料理人が病の療治のため、湯治に出かけている間、浜町の上屋敷で働く旨《むね》をおき玖に告げた。

腰を抜かさんばかりに驚くと思いきや、おき玖は、

「よかった。お大名家の料理人なんて晴れ舞台だわ。とうとう、季蔵さんの料理の腕が認められたのね」

やや寂しげではあったが笑顔を向けた。

「ご病気の方が湯治を終えて、戻ってくるまでの二十日間ほど、務めさせていただく臨時雇いです」

さらりと応えた季蔵は、再び、長次郎の日記に目を吸い寄せられた。

――鮟鱇は捌《さば》き方からして独特だな――

四

翌翌日、烏谷は一番味がよいとされる、三貫（約十一キロ）ほどの雌の鮟鱇二尾を届けてきた。

〝昨日、水戸沖にて獲れた鮟鱇を早飛脚《はやびきやく》にて迅速に運ばせた。これにて、鮟鱇のつるし切りを試されたし〟という文に、磐城平藩の老料理人が記したというあんこう料理の作り方が添えてあった。

おき玖から話を聞いた三吉は、

「す、すげえなあ、お、お大名家のお殿様のために料理するんだって‼」

のけぞって驚くと、羨望《せんぼう》とも畏敬《いけい》ともつかない顔で季蔵を見つめた後、

「それでも、相手は偉え侍なんですよね。気に入らねえってことで、ばっさりってことだってあるんじゃねえかと――」

太刀《たち》をふるう仕種《しぐさ》をして、

「縁起でもないこと、言わないでちょうだい」

叱《しか》りつけたおき玖は、

――おとっつぁんの仏壇に、昨夜、早速、季蔵さんの晴れを報《しら》せたけど、守ってほしいってことまでは頼んでなかった――

離れへと勝手口をあわてて出て行った。

「これから鮟鱇のつるし切りをするんですね」

三吉は季蔵を真似《まね》て襷《たすき》を掛けた。

鮟鱇はつるし切りで捌くと決まっている。骨こそ、どんな魚にも負けないほど固いが、身はぐにょぐにょと柔らかく、並みの下ろし方では包丁が進まない。

「そいつをよく洗ってくれ」

季蔵は届けられた鮟鱇に顎《あご》をしゃくった。

「こ、これを、お、おいらが――」

鮟鱇と向き合った三吉は怖《お》じ気《け》づいた。

「生きてはいない、怖がるな」

季蔵はまず、平たい鮟鱇一尾をひょいと皿のように取り上げると、ごしごしとたわしでこすってぬめりを取った。

「錐《きり》を持ってこい」

季蔵は三吉が用意した錐で鮟鱇の両顎に穴を空けて、

「荒縄ぐらい通せるだろう」

後は三吉に任せた。

「出来ました」

「それじゃ、これから裏庭で捌くが、おまえは大小の鍋を持って立っていろ」

「へい」

勝手口を出た季蔵はこの鮟鱇を銀杏《いちょう》の木の枝に吊《つる》した。荒縄の長さを調整して、包丁を水平に差し出して届く位置に吊す。

まずは鮟鱇の腹を割いて、胃袋と肝を取る。

「三吉、小鍋」

三吉が差し出した小鍋に胃袋と肝が移された。

「特に肝は鮟鱇の七つ道具の中でもお宝だから、鍋を下に落としたりしたら台無しだ。そいつは厨《くりや》に置いてきてくれ」

季蔵は慎重であった。

鮟鱇の七つ道具とは、柳肉《やなにく》（白身の大身）、皮、肝、あご肉（ブリブリ）、ひれ（トモ）、卵巣（ぬの）、胃袋の七部位の呼び名である。

季蔵は三吉が厨から、戻ってくるのを待って、皮をぐるりと剝《む》き、背肉、わき肉、頭肉を切り離していく。

「こっちは大鍋だね」

三吉が差し出した大鍋の中に、捌いた鮟鱇の身が重なった。

季蔵が襷を外しかけると、

「まだ、一尾ありますけど」

三吉の目が止めた。

「残りはおまえがやるんだ」

季蔵は微笑《ほほえ》んだ。

「おいらがですか？」

「そうだとも、おいらがやり遂げるんだ」

「だけど、鮟鱇の皮を剝《は》ぐのは結構むずかしそうで、おいら、季蔵さんみたいにはできっこない」

三吉は泣きべそをかきかけた。

「二尾目の鮟鱇は皮つきで捌いてみる。だから大丈夫だ」

「でも――もし、しくじったら――」

「わたしだって、鮟鱇の皮を剝いでつるし切りにしたのは、今が初めてだ。臆することはない。注意しなければいけないのは肝だけだ。大事を取って肝は最初に取る。くれぐれも傷をつけないように――」

そう言って、季蔵は三吉を励まして包丁を握らせ、今度は自分の方が鍋で捌いた身を受ける役目になった。

覚悟を決めた三吉は吊された鮟鱇に挑んだ。

皮を剝かずに腹わたに包丁を入れ、まずは肝、続いて胃袋、卵巣を取り出す。次に尾を取り、下から上へと大切りに切りとっていく。

「残ったのは口だけだ」

三吉はそれでもまだ、怖いものを見るようにその口を見ている。

あんこう鍋など、皮つきのままの方が出汁《だし》がよく出て美味《うま》いと言われるように、鮟鱇は捨てる部位がほとんどない、有り難い魚なのであった。

「さて、いよいよ料理だ」

「今日はあんこう尽くしだね」

三吉は口だけの鮟鱇に背を向けると急に元気づいた。

「まずは刺身だ」

季蔵は皮を剝いて捌いた柳肉をお造りにした。うすい生の白身が並べられているその様子は、獰猛《どうもう》な鮟鱇の顔とは似ても似つかぬ、何とも典雅な様であった。

「白無垢《しろむく》の花嫁姿みたいね」

おき玖は梅風味の煎り酒で味わうと、次に大根に箸で穴を空け、唐辛子を詰めてすり下

ろす紅葉《もみじ》おろしを作った。これを刺身にのせて口に運ぶと、

「あら、黒地に梅や竹の模様がある、粋《いき》な花嫁も悪くないわ」

うんと大きく頷いた。

「刺身にしたのは皮なしの身だったけど、どうして？」

三吉に訊かれた季蔵は、

「皮つきの身だと、俎板《まないた》の上で皮を引いたところで、とっくに臭味がついてしまっているだろう。あんこうの刺身に余計な臭《にお》いは禁物で、包丁や俎板はよくよく清めて使うようにとここにも書いてある」

老料理人の書き記した手控えに目を落とした。

「長い間、お殿様方のために、鮟鱇の料理をなさってきた人ですもの、きっと、これぞという料理をご存じなんでしょうね」

おき玖は興味津々である。

「江戸っ子なら誰でも、年に一度、ちょうど今の時季ぐらいの鮟鱇を食べたいって願ってるんだろうけど、初鰹同様、安くないし、なかなかねえ——。それでも、あたし、子どもの頃、あんこうのとも酢なら、おとっつぁんに食べさせてもらったことあるのよ」

「これからそれを作るつもりです。これが一番、好みを問わない料理法だそうですから」

季蔵は自分が捌いた皮なしの身と皮、肝を大鍋に沸かした熱湯で茹《ゆ》でた。

「たしか、それ、酢味噌につけて食べるのよね」

「そうです。ただし、この酢味噌に一工夫あって――」

茹で上がった肝を季蔵はすり鉢に取った。これを少し切り取り細かに擂《す》って、赤味噌、砂糖、酢を入れてさらによく擂る。これがあんこうのとも酢用の酢味噌であった。

「なるほど、それでとも酢というのね。思い出したわ。おとっつぁんに〝どうして、とも酢なの？〟って訊いたこと。でもその答えは忘れちゃってた」

季蔵は茹でたあんこうの白身と皮を一口大に切り、三吉には人差し指の半分ほどの長さに切り揃《そろ》えた葱《ねぎ》を茹でさせた。皿にこれらを盛りつけると、たっぷりの酢味噌をかけ、おき玖と三吉に勧めた。

「酢味噌が美味い」

「味噌と肝が響き合って、何ともいいコクねえ」

季蔵も味わって、

――肝の風味と淡泊な白身、まるで、別種の美味い魚を味わっているかのようだ――

なるほど、鮟鱇は珍味だと感心した。

「あんこう好きなら、目の色を変えるのがとも和《あ》えだそうです」

とも和えにはあんこうの生肝が使われる。これを大ぶりの鉄鍋で炒《いた》め、つるし切りを始める前に水に浸しておいた切り干し大根と、茹でて一口切りにしたあんこうの身を入れる。味噌と少量の砂糖を入れて炒め上げる。香ばしい匂いが店中に立ちこめた。

「見かけ二番かぁ」

やや気乗り薄で箸を使った三吉がため息をついた。

あんこうの身は柔らかいので、炒めるとぐずぐずと崩れてしまう。世辞にも見かけはよくなかった。

「でも味は一番よ」

おき玖がぴしりと押さえて、

「切り干し大根の歯触りがいいし、あたしは、これ好きだわ」

おき玖は何度も箸を伸ばし、

「おいらだって、好きだよ」

釣られて三吉も箸を活発に動かした。

「さて、いよいよは、とっておきの――」

季蔵が言いかけると、

「よ、待ってました」

三吉が掛け声をかけ、おき玖は両手を鳴らした。

五

「真打ちは何かしら、楽しみね」

息を詰めたおき玖に、

「あんこうのどぶ汁とあります」

「どぶ汁？」

「あの溝《どぶ》の？　まさか――」

三吉とおき玖は顔を見合わせ、季蔵は老料理人が書いた手控えに目を落とした。

「どぶというのは、あんこうの肝で汁が鴇《とき》色に濁り、その様子が酒のどぶろくに似ていないこともないというわけで、どぶ汁と名づけられたようです」

あんこうのどぶ汁もまた、肝で調味する。鍋で乾煎《からい》りした肝に味噌を加え、火が通ったところで、付け根の食感が独特のヒレやアラ、身を加える。大根は銀杏切りにして加え、煮込む。あんこうから汁が出るので水は必要ないと書かれていた。

「ああ、よかった。溝のどぶだなんてあんまりだもの」

「けど、溝もどぶろくも濁ってるのは同じだとおいらは思うよ」

「同じように濁ってたって、同じじゃないでしょ」

おき玖に軽く睨まれて三吉は引き下がった。

出来上がったどぶ汁を啜《すす》ったおき玖は、

「こんな濃厚な旨味、鴨《かも》でも出ないわよ」

うっとりと目を閉じた。

「冷やご飯を合わせておじやにしても美味いんだろうけど、どぶ汁雑炊《ぞうすい》なんて酷《ひど》い呼び名じゃ駄目だろうな。やっぱし、目に浮かぶのは汚ねえ溝だもん。といって、鮟鱇のあの顔、思い出すと何って呼び名を変えていいか、わかんねえ」

三吉は残念そうにため息をついた。

この後、季蔵は皮つきの白身を、酒と割った生姜醤油《しょうがじょうゆ》に漬け、小麦粉をまぶすと、油を熱した深鍋で唐揚げにした。

「最高」

「美味しい」

二人は歓声を上げた。

「これもそれに書いてあったものなの？」

おき玖はあんこう料理が書かれた紙をちらりと見た。

「いいえ、これはわたしの思いつきです。たしかに鮟鱇といえば肝料理と言っていいのですが、肝ばかりに頼っているのも面白くないと思いまして」

「おいらはこっちのが好きだな。これなら、幾らも食べられそうだ。肝も悪くないけど、酒飲みが好くんじゃないかと思う」

「あら、あたしも今、同じことを言おうとしたのよ。三吉ちゃん、たいしたものだわ」

おき玖が褒めて、三吉は照れくさそうに頭を掻《か》いた。

季蔵が浜町にある磐城平藩上屋敷へと上がったのは、それから三日後のことであった。

留守を託されたおき玖は、

「おとっつぁんにも、こういうことあったのを覚えてるわ。その時は店を閉めてたけど、今はあたしも多少は手伝えるし、三吉ちゃんがいてくれるから大丈夫」

ぽんと胸を叩《たた》いて、季蔵を安心させようとしてくれたが、

「おいらには無理な気がしてきた。こんなもの食えねえって、お客さんにどやされたらどうしよう――」

不安でならない三吉はあろうことか窶《やつ》れ、たった三日で丸い顔が小さくなった。

「駄目、駄目、そんなんでは季蔵さんが心置きなく、お殿様のところでお仕事できなくなるじゃない。季蔵さんはここへ来るお客さんたちよりも、数段、気むずかしいお相手のために包丁を握るのよ。あたしたちのことを案じてばかりじゃ、それこそ、包丁捌きが上手《うま》くいかなくなって、どんなお咎めを受けるかもわからない。いい？　三吉、ここはあたしたちがしっかりして、塩梅屋と季蔵さんを支えなきゃいけないの」

「よろしくお願いします」

深々と頭《こうべ》を垂れた季蔵は、戸口を出ると、一度も二人を振り返らなかった。

――相手はお大名だ――

武家、それも大名家ともなれば、江戸城や大奥同様、内部で起きていることを窺《うかが》い知ることはむずかしい。

――この身に何が起きても、市井には知らされず始末されるはず――

今生《こんじょう》の別れになるかもしれないという覚悟であった。

――わたし自身まだまだ修業不足の身だ。わたしが知らず、三吉にも教えていないことが沢山ある――

途中、別れてきたばかりの二人の顔を思い出して、季蔵はふっと微笑《わら》った。

――わたしに何があっても、とっつぁんの想いが詰まった塩梅屋の料理を作り続けてほしい――

そんな想いとは裏腹に、浜町堀が近づき、塩梅屋との距離が遠くなって行くにつれて、おき玖や三吉の姿が、季蔵の頭の中で小さくなっていく。

――中川新之介はなにゆえ、殺されなければならなかったのか？　下手人《げしゅにん》は真《まこと》にお助け小僧、あの吉次さんなのか？　いったい、これから何が待ち受けているのか？――

季蔵の全身に隠れ者としての緊張が漲《みなぎ》り始め、

――お嬢さんがついていることだし、三吉なら何とかやれる――

そう確信したとたん、不思議に気が楽になって、二人の姿も、ちらついていた塩梅屋の暖簾《のれん》も完全に消えた。

「北町奉行烏谷椋十郎様の命《めい》により、料理人季蔵が参りましたと奥へお取り次ぎいただけませんか」

季蔵が直立不動で弁慶のように立っている門番に告げると、

「裏門へ回れとのご家老《かろう》様からのお達しだ」

「わかりました。ありがとうございました」

季蔵が通されたのは、納戸《なんど》の隣りの小部屋である。料理人であるとだけ名乗ると、

「江戸家老村上源之丞《むらかみげんのじょう》である」

入ってきた小男が立ったまま季蔵を見下ろした。上座が空いていたが座ろうとせず、

「町奉行風情が当家の料理人にいらぬ世話を焼き、湯治に行かせるよう殿に勧められ、心優しき殿はそのようにはからわれた。我ら家臣は殿の命に従うまでだが、その裏には、何やら、殺された中川新之介についての詮議《せんぎ》が隠されているようだ。これまた、はなはだ不本意ではあるが、殿の命とあれば仕方なき成り行きと諦《あきら》めておる」

――これはいったい、どういうことなのだろう――

季蔵は一瞬、途方に暮れた。

――お奉行はなにゆえ、ここまで手の内を晒《さら》してしまったのだろう？――

「料理人はおまえの仮の姿。おおかた町奉行の手先であろうが」

村上源之丞は感情のほとんどこぼれない細い目を向けた。

これには季蔵は言葉を失った。隠れ者だと、こうもはっきりと図星を指されたことは初めてであった。

「お奉行様からそのようにお聞きになられていらっしゃるのですか」

季蔵がぐらりと揺れた心の体勢をやっと立て直すと、

「むろん」

「仰《おお》せの通りでございます。ついては是非とも、お訊《たず》ねしたいことがございまして――」

「早速来おったな」

村上はにやりと笑い、

「あの食えない男が手先に使うとあらば、相応の者であろうと心得ていたが、なるほど、なるほど。よい、何なりと申せ」

「中川新之介様は、背中を匕首で刺されて殺されていたと聞いております」

「その通りだ。土蔵の前でうつぶせに倒れて死んでいた」

「その土蔵を見せてはいただけませんか？」

「いいだろう」

村上はぱんぱんと手を鳴らすと家臣を呼び、鍵《かぎ》を持たせて付き従わせた。

「本来、当家の不祥事は秘密裡に片づけたいものだが、殿がどうしても真相を突き止めたいと仰せられてな。幼友達でもあった中川新之介に並々ならぬ想いがあって、蔵から千両箱を奪い、鮟鱇武士と辱《はずかし》めたお助け小僧が許せぬのだ」

途中、村上は烏谷から伝え聞いていたのとほぼ同様の独り言を洩らした。

土蔵は大きな池のある広い庭を抜けた裏手にあった。

「中川様が亡くなっていたのはここですね」

土蔵の前の土は苔《こけ》で被《おお》われていて、一部、赤黒く染まっている。

「そうだ」

「どうか土蔵の前にお立ちください」

「なにゆえに？」

村上の眉《まゆ》がぐいと上がった。

「大事な調べがあるのです」

むっとした顔で村上が従うと、

「ところで中川様のお身の丈はどのくらいで？」

「おそらく、おまえほどであろう」

忌々《いまいま》しげに告げた村上は、知らずと背伸びをしていた。

「となれば、後ろから匕首で襲われた時、中川様は、今、ご家老様がお立ちの場所に立って、やや腰を屈《かが》められ、土蔵の錠前を開けようとされておられたはずです」

季蔵は村上の横に並んで腰を屈め、錠前へと右手を差し伸ばした。

六

「それからあれを――」

季蔵は葉の落ちた山梔子《くちなし》の木の幹を指差した。地面から一尺七寸（約五十一センチ）ほどの場所に、中川の背中から飛び散った血がこびりついている。

「立っておられて刺されたのであれば、もっと高くに血が付いたはずです」

「そうか、中川は錠前を開けるところを後ろから刺されたというのだな」

村上は得心した面持ちになった。

「背中の刺し傷以外の傷はおありでしたか？」

「一応、医者に検分させたが、背中から心《しん》の臓を貫いていた致命傷のほかは見当たらぬという話だった」

「手練《てだ》れともなれば常に周囲に気を配って油断をせぬものです。一つも傷を負わず、闘わずして殺されたというのは、何とも不思議です。よほど、気を許していた相手に殺されたのでしょう」

「わかった」

村上は両手を打った。

「中川とお助け小僧は示し合わせていた」

「中川様が盗っ人の手助けをなさっていたとおっしゃるのですか？」

「それしか考えられぬ。仲間ともなれば隙《すき》も見せようが」

「それではいつ、どこで二人は知り合って仲間になったのでしょう？」

「江戸は広く深い。中川とて若く、時には遊びで憂さも晴らしていたことだろう。吉原などの悪所へ出向き、好きな女郎にでも入れ込んで、多額の借金でも作って、首が回らなくなり、意気投合したのではないか。酒の勢いで中川が身分や当藩の土蔵の千両箱について洩らし、これ幸いとお助け小僧が乗じたのだ」

「だとしても、どうして、お助け小僧は中川様を亡き者にしたのでしょうか？」

「土蔵を開けて盗む段になって、中川が躊躇《ためら》ったからではないか？　あやつはことのほか殿に見込まれていたゆえ、殿を裏切るのがいささか辛《つら》くなったのだろう。その様子を見ていたお助け小僧は苛《いら》つき、とうとう決断したものと思う。ここは大名家江戸屋敷ゆえ、ぼやぼやして他の者に気づかれれば、お縄になるどころか、一瞬にして斬《き》り殺され、骸はどこぞの川に捨てられるかして、闇に葬られてしまう」

「お助け小僧は中川様を足手まといだと思って、咄嗟《とっさ》に殺したとおっしゃるんですね」

「そう考えれば、おおよその辻褄《つじつま》が合うではないか」

「しかし、それならば、なぜ、自分の都合で殺しただけの中川様を、お助け小僧は〝鮟鱇武士〟と罵《ののし》ったのでしょう？」

「おまえがお助け小僧ならせぬことか？」

村上はふっと笑った。

「はい。意気投合して盗みを決行した仲間のことを、〝天誅、外の骸、鮟鱇武士につき命不要なり〟と評するのは、いささか、度が過ぎていると思います」

「お助け小僧は殺生《せっしょう》をせぬと聞いている。巷で人気が鰻上《うなぎのぼ》りなのも、手口に酷さがないからであろう。わしがそやつであったならば、これだけの人気を失うのはいかにも惜しいと思い、どうしたら、お助け小僧、ここにありと示して、人気を失わずにおられるだろうかと考える。それには、中川を悪者にしてみるのも一案だろう」

「そもそも、自分が盗っ人で仲間に引き入れたことなぞ棚に上げ、生きていては恥ずかしい、主家を裏切ろうとした鮟鱇武士だから、命を奪っても当たり前、世のため人のため、成敗してやったのだと謳ったというわけですね」

「その通りだ」

村上は、さらに、ははは と乾いた笑い声を立てた。

「どうだ、これで何一つ矛盾はなかろうが」

――しかし、どうにも、これでは得心が行かない――

季蔵は花まんじゅう作りを仕切っていた時の吉次を思い出していた。

――何とも無心で懸命な表情だった。あれは人を評するのでも、讃《たた》えられたのでもなく、ただただ、自分の出来ることをやり遂げようとしている清らかな顔だった――

「おまえのおかげで、真相は解明できたが、これが殿のお気持ちをさらに暗くしてしまうことになってはと案じられる。並ぶべき者なしと信じていた忠臣が、盗っ人の片棒を担いでいたとあってはな――。ただでさえお優しい殿のご心痛のほどが察せられてたまらぬ気持ちだ」

村上は一度伏せた顔を上げて、

「とりあえずはわしから話しておくが、追って、おまえからじかに話が聞きたいと仰せられるかもしれぬ。その時は美味《うま》い料理など作り、お相手してさしあげよ」

機嫌よく指図した。

「わかりました。その前に念のため、土蔵の中をお見せください」

錠前が開けられ、季蔵は土蔵の中を進んだ。左右の壁にはまだ、お助け小僧と記名された紙が貼られている。

——このままにしておいたのか——

「剝がさないのですか？」

訊ねた季蔵に、

「これでお助け小僧の仕業とはっきりいたすゆえな。屋敷内に住む家臣たちが、互いに疑い合ったりしたのでは、いかにも切ない」

村上の口調は幾分湿った。

この後季蔵は厨へと案内された。

老料理人の城とも言える、藩主専用の厨であった。

静寂という言葉そのままに、鍋、釜、包丁等の使い込まれた調理道具が並んでいる。

——さすがに緊張するな——

包丁を握ると冷や汗が流れた。

——それにしても、なにゆえ、お奉行は江戸家老に包み隠さず、何でも話してしまわれているのだろう——

鮟鱇二尾と老料理人の書き置きを届けてきた後、烏谷は屋敷に上がる日時しか指定して来なかった。

——せめて、藩主の是正様だけではなく、村上様とも親しい間柄だとおっしゃってほしかった——

烏谷の底知れない思惑が不気味であった。

――これではまるで、村上様が思っていたように、わたしが証を固めたようなものだ――


季蔵は普段とは違う役回りに困惑している。

――それにこのままではお助け小僧が千両箱強奪、中川様殺しということにされてしまう。お助け小僧の人気を快《こころよ》く思っていないお上は、常には巷にまでは洩れないこの事件を、瓦版屋に流すだろう――

田端と松次はお助け小僧の正体が吉次だと知っている。吉次と名乗っていた煮豆売りを知る者は、季蔵以外にも何人もいて、いずれ、手配のための人相書きが市中にばらまかれるはずであった。

――吉次さんはやってもいない人殺しの罪を着せられるのか――

思い余って季蔵は庭へと出た。

――とはいえ、吉次さんがやっていないというのはわたしの直感にすぎない。ここは感情に流されてはならぬ。とにかく少し落ち着くことだ――

庭では池回りの五葉松の菰《こも》巻きが外されているところだった。幾らか春らしくなってきた日ざしの中を、きりりと鉢巻きを締め、脚絆《きゃはん》と地下足袋《じかたび》を履いた、何人もの植木職人たちが忙しく立ち働いている。

――ここで凄惨《せいさん》な事件が起きたとは、とうてい信じられぬほど、うららかにして、活き活きとした眺めだ――

季蔵は植木職人たちの顔を見ていた。

——馴染みのお客さんが混じっているかもしれない——

そう思ってつい、知り合いを探してみたくなったのは、空から降り注いでいる日ざしと裏腹に、ぞっと背筋が凍りつくような陰の部分を感じていたからであった。

——わたしの役目がこれで終わりだとはとても思えない。果たして、生きて無事、日ざしの中へ戻ることができるのだろうか——

いささか、気を滅入《めい》らせていると、

「知った顔はいたかい？」

突然、話しかけてくる声があった。

あわてて、周囲を見回したが姿はない。

「誰だ？」

「こっちだよ」

振り返ると、声は大銀杏の裸木からまた、聞こえてきた。

大銀杏の裏から手拭いを被《かぶ》った老爺が出てきて、季蔵に背を向けたまま、

「あんたは反対側から裏庭へ回るんだ。落ち合うのは裏庭の忍冬《にんどう》の茂みの中だよ、いいね」

片足を引き摺《ず》りながら去った。

——あの声はもしや——

季蔵が言われた通り、飛ぶように走って、裏庭の忍冬の茂みを前にして待っていると、遅れてやってきた老爺はまず、胡麻塩頭《ごましお》の手拭いを取り除《の》けた。

「ここは、猫の子一匹通りゃしないから大丈夫だ」

「吉次さん」

眉《まゆ》もまばらに白かったが、煤《すす》にまみれていたとはいえ、その声と無邪気な笑顔はまぎれもなく、煮豆売り吉次のものであった。

「どうして、季蔵さん、あんたがこんなところに？」

季蔵が一瞬、戸惑うと、

「どうやら、あんたにも人に言えねえことがあるようだな」

ふふっと笑って合点した吉次は、自分がここで風呂焚《ふろた》きをしている理由を話し始めた。

「ここはあっしなぞの棒手振《ぼてふ》りが、出入りできるとこじゃなかったから、中川様とは町中で知り合った。あっしが売り歩いてる煮豆や味噌、嘗物《なめもの》を食べてくれて、しきりに故郷をなつかしがってた。そんな縁が高じて身分は天と地ほども違うんだが、気持ちが通じ合ってさ、時々、酒を酌み交わす間柄になったんだよ。あのお人はまっすぐで弱い者に優しかった。磐城平は奥州の南にあって、海辺だから漁が出来て、普段はそれほど暮らしが苦しくはないんだそうだが、年によっては夏の寒さが堪《こた》えて、肝心の米や麦が実らず、漁だけでは糊口《ここう》は凌《しの》げないから、飢える者も出る、これを何とかするのが、勘定方の役目なんだと熱く話してくれた。だから、お助け小僧の話になった時、季蔵さんには、全て見抜かれていようだが、中川様は、あっしがお助け小僧だってことを知らねえもんだから、飲み過ぎた酒の勢いもあったろうが、ついつい、〝いっそ、磐城平のお助け小僧になりたいくらいだ〟って、真顔で本音を洩らしてた。こいつはうれしかったよ」

七

「すっかり意気投合したのですね」

季蔵の相づちに、

「悪いが土蔵の前で、あんたがご家老ってえのと話してたのを残らず聞いたよ」

吉次はそう大きくも切れ長でもない目を精一杯剝いて見せた。

「あんた、まさか、あっしが中川様を殺《や》ったなぞと思ってるんじゃねえだろうね」

「あなたがお助け小僧に間違いないとは思っています」

そこで季蔵は、お宝絵が無くなった杉野屋で起きた騒動の一部始終を話して聞かせ、

「あれには関わっていたはずです」

「たしかに悪かったと思ってるさ。いや、お宝絵を隠して、子どもに迷惑なのらくらな夫婦を懲らしめたことを悔いてるんじゃないよ。相談してきた仲居たちを思いつき通りにさせたのは、あんたが睨んだ通り、あっしの仕組んだことで、襖《ふすま》に隠させたお宝絵と、お助け小僧からの戒《いまし》めを書いた書き置きは、あっしがもう一度忍び込んで、見つけさせるつもりだったんだ。けど、その前に襖の仕掛けがわかっちまって、この一件に仲居たちが絡ん

でるとわかりゃ、どんな厳しいお咎めを受けるかしれねえ、下手すりゃ、とんでもなく、可哀想《かわいそう》なことになっちまう。いやはや、あんなに早く、仕掛けが見破られるとは思わなかった。料理人のあんたが謎解きの名人だったとは知らなかったからね」

「わたしは中川様を殺《あや》めたのがあなたでなければいいと思っています」

季蔵は本音をぶつけた。

「あんたは巧《たく》まない男《ひと》だね」

「時には巧むこともありますが、自分が巧んでいると、相手の巧みも見えなくなるような気がします」

「じゃあ、今、あっしを試してるってわけかい」

吉次は、可笑しそうに笑った。

「そうなりますが――」

「それでどうだい？」

「殺していないとムキにならないのが救いです。拳《こぶし》も固めず、目を伏せてもいない。冷や汗も掻いていないようです」

「あっしを信じてくれるのかい」

「話を続けてください」

「中川様はこのところ、悩んでたんだ。どんなことかまでは話しちゃくれなかったが、どうやら、お役目のことらしい。あんまり思い悩んでいる様子なもんだから、〃そういう時は気の済むことをすることですよ〟って勧めた。この後、気になって、馴染みの店に何度も行ったが会えず終いだったんだが、十日ほど前に、中川様が土蔵の前で殺され、蔵の中から千両箱が盗まれて、下手人はお助け小僧だって話を、磐城平藩の侍たちが話してるのを耳にした。〝お助け小僧だなどと言って、弱い者の味方を気取っているが、所詮、盗っ人は盗っ人、犬畜生にも劣る〟ってね。中川様が殺されたと知って、最初、真っ白だった頭が今度は燃えてきた。全く頭に来たよ。このままじゃ、冥途《めいど》で中川様に何と声を掛けていいかわからねえ。〝煮豆売りの吉次は、あんたを殺したことになってるお助け小僧だったんだよ〟だなんて、間抜けすぎて、どの面《つら》下げて言えるかよ。ここはもう、中川様の仇《かたき》を取って、お助け小僧の濡《ぬ》れ衣《ぎぬ》を晴らすしかないと思い詰めた」

「それでここへ奉公することに決めたのでしょうが――」

よく迅速に奉公が叶ったものだという目を季蔵が向けると、

「このところ、春めいてきていて、どこの御屋敷でも、松の菰巻きを取ったりの庭仕事で大わらわだ。何日もかかる。植木職にとっては、かきいれ時なんだが、人が足りなくて、鳶《とび》だけではなく、往来を歩いてても声がかかる。運がよかったんだよ。入ってきた時は吉次の顔を黒く汚して、地下足袋と脚絆、鉢巻きで格好をつけただけだったが、日暮れても出て行かずにこの通りだ。そこらに幾らでも転がってる、どうってことのない自分の面が有り難かったね」

「すり替わったのですね」

「足の悪い風呂焚きの爺さんに金をやって、しばらく親戚にでも身を寄せ、湯屋にでも通って休むように言い、門番が持ち場を空ける頃合いを見計らって、裏門から外へ出てもらった。後は見ての通りだよ。すり替われるのは、誰もたいして気に止めようとしない、下働きの爺さんだろうって思ってたんで、遠くからなら白髪《しらが》に見せられる、白い粉を持ってきていた」

「見事です」

「あっしの方は話したぜ。そっちも話してくれてもよかねえか？　そもそも、何であんたが、杉野屋のお宝絵騒ぎに関わったのか、合点がいかねえし」

「あれでしたら、店においでの北町奉行所のお役人や親分のお手伝いをしただけです」

「なるほど。けど、同心や岡っ引きの手伝いで、大名屋敷の料理人を引き受けるとは思えねえな。休みを取って箱根へ出かけるってえ料理人の爺さんは、湯治が必要なほど、疲れてるようには見えなかったぜ。これには何かあるとぴんと来たが、まさか、あんたに遭えるとは夢にも思わなかった」

「あるお方からの命によるものとだけお答えしておきます」

「あるお方ねえ――」

吉次はしげしげと季蔵を見て、

「ま、見当はつくから、深追いはしねえことにしてやるが、目的は何なんだ？　あんたの役目は、あっしの見極めようとしてることと同じじゃねえかと思うんだが、どうだい？」

季蔵は無言で吉次を見つめ返した。

「どうやら、図星のようだな」

吉次はうれしそうな顔になって、

「だったら、こうして遭えたのも何かの縁だ。一人よりも二人、中川様の無念を晴らす手助けをしてくれねえか」

――たとえ、わたしの役目と吉次さんの想いが重なりあっていたとしても、導き出された真相がどう使われるかは、わたしも吉次さんも与《あずか》り知らぬところとなる――

一抹の後ろめたさがないではなかったが、

――たしかに仲間は居た方がいい、しかし――

まだ、中川殺しの下手人ではないという確固たる証なぞ、出てきてはいないのに、なぜか、吉次を信頼している自分に季蔵は気づいた。

――お奉行がこれを耳にされたら、甘いと一喝されてしまうことだろう――

吉次が教えてくれた花まんじゅうが思い出された。

梅、桜、菊――咲き揃うことなどない季節違いの花々が、まるで天上に咲いているかのように見える。

「そうしましょう」

季蔵は知らずと頷いていた。

「あんた、こんなところでお助け小僧と組むとは思わなかったろうね」

屈託なく笑った吉次は、季蔵の耳に口を寄せて、

「あっしも、よりによって、お上のお手先を仲間にするとは思わなかったぜ。ところで、あっしを人殺しじゃねえと信じてくれてるあんただから訊けるんだが、中川様を殺めたのは匕首遣いの町人だと思うかい？」

「お助け小僧でなければ、盗賊の仕業でしょうが、商家の押し込みと違って、大名家の蔵となると、凄腕《すごうで》の盗賊が動いたかなり周到な企《たくら》みだったことになります」

「そこまでの盗っ人だと、この御屋敷を狙う前に、試しを市中でやってるはずだ。ところが、そんな噂《うわさ》、聞いたこともねえぜ」

「となれば、下手人はこの中にいる、そう考えるのが自然です」

「そうなのさ」

「刀を使わず匕首で刺したのは、お助け小僧の仕業に見せかけるための目くらましだと思います」

「そいつが何とも許せねえ」

吉次はぎりぎりと歯嚙《はが》みして、

「どんな悪事が眠ってても、先にも後にも、町方が入れねえ大名屋敷とくりゃあ、たいして珍しくもねえことなんだろうが、ここは正真正銘の伏魔殿《ふくまでん》だ。お互い、気をつけて動こう。あっしもあんたと同じで、中川様が殺された場所が気になってる。料理人のあんたは

厨からちょいちょい出ては怪しまれるから、あっしがあんたの分まで、せいぜい土蔵の前を見張ることにするよ。取りあえずは、明日、また、今頃会おうや」

今後、この場所で落ち合うことに決めて、吉次と別れた季蔵が、厨へと戻ると、一人の若侍が待ち受けていた。烏谷が届けてきたものより、やや大ぶりの鮟鱇二尾が入った籠《かご》を手にしている。

「今宵《こよい》はご家老様がおまえの料理を召し上がられる」

丸々と肥えた若者は名乗らずに、睨みつけるように季蔵を睥睨《へいげい》している。

「お殿様の膳部をお任せいただけると伺っておりましたが――」

「いや、ご家老様が先である。二人分の膳を調えよとの仰せだ。ただし、使うは国許から届いている鮟鱇に限る。よいな」

「仰せの通りにいたします」

季蔵は早速、あんこう料理に取りかかった。

まずは鮟鱇を吊す木を見つけようと、厨の勝手口を出て見回すと、口だけになった鮟鱇を吊した荒縄が枝から何本もぶら下がっている。

――ここでの鮟鱇はすべて皮付きで捌くのだな。火を通せば皮付きの方が、断然美味いが、生で食べるとなると皮の臭味が移る――

季蔵は塩梅屋で試したように、一尾の身を皮なしに、もう一尾は皮付きで切り分けた。

昆布を用意してきている。

――せっかくの上等な白身だ。刺身にだけするのでは勿体《もったい》ない――

あんこうの昆布〆を試すつもりであった。

水で濡らして旨味を表面に浮き上がらせた昆布と昆布の間に、生の食材を挟み、旨味を移らせて味わうのが昆布〆の醍醐味《だいごみ》である。

昆布と相性のいい食材の筆頭は白身魚で、脂が多く匂《にお》いのきつい赤身魚には適さない。

皮なしの白身を全部使って作り終えたあんこうの昆布〆に、晒しを被せて寝かせたところで、蕪《かぶ》の入った笊《ざる》が目に入った。

昆布に余りが出たので、

――よし、これも昆布でしめてみよう――

鰹に比べるとずっと繊細な旨味である昆布には、淡泊な風味の青物もよく合う。蕪は球形の白い部分だけではなく、まだ萎《しな》びていない葉や茎も使った。

次は皮つきの白身を骨の付いた部分も含めて、生姜醬油に漬けてから唐揚げにした。

塩梅屋では皮なしの身で試して、おき玖や三吉に好評ではあったが、季蔵としては、

――もう少し、コクと旨味が欲しい――

物足りなく感じていたのだった。

最後は、肝を炒りつけた汁に、アラ、大根、人参《にんじん》、葱、戻したワカメを入れて、さらに炒り煮し、一人分一合ほどの水を加えて、味噌で仕上げた。

老料理人の作り方に、味噌汁でも味わえるよう、季蔵が工夫を凝らしたどぶ汁であった。

第三話　春恋魚《はるこいうお》

一

この夜、村上《むらかみ》の部屋に呼ばれた季蔵《としぞう》は下座に控えた。すでに夕餉《ゆうげ》の膳が運ばれている。

「殿の御膳の毒味は、おまえに鮟鱇《あんこう》を届けたあの者に任せておる」

肥えた若者は毒味役とわかった。

「毒味役は味の吟味はせぬゆえ、わしがそのお役目を果たしておるのだ」

「さきほどは、お殿様のお相手をするようにとの仰《おお》せでしたが――」

このままだと村上と話すだけに終始しそうである。

「控えろ、心得違いもいいかげんにせい」

村上は大声を上げた。

「殿が料理人ごとき下賤《げせん》な者と言葉を交わすことなどない。お目通りなどもってのほかだ。よって、殿のお言葉は全《すべ》てわしが伝える」

――つまり、是正《これまさ》様とじかにお話はできないということなのか――

正直、季蔵は落胆した。

——これでは何があっても、このご家老止まりで始末されてしまう——

「これはよい」

皮付きあんこうの唐揚げこそ、美味《うま》い、美味いと堪能《たんのう》したものの、

「これが江戸風のどぶ汁か」

椀を啜《すす》った村上は眉《まゆ》を寄せた。

「水っぽくていかん、濃厚でどろりとしておらねば、どぶ汁とは言えぬぞ。酒にも合わぬ」

村上はすでに盃を重ねていた。

「明日の夕餉には、いつものどぶ汁を出せ」

「明日はあんこうの昆布〆をお出しすることに決めております」

「ふーむ、昆布〆とはな。なるほど考えたものだ」

「鯛好《たいず》きの江戸っ子にあやかりまして」

鯛の昆布〆はよく知られている。

「それならよい」

「ところで、昼間、〝鮟鱇武士〟と書かれた紙が貼られていた土蔵を見せていただきました」

「何か、お助け小僧の手掛かりに思い当たったか？」

「二つ、気になることがございます」

「申してみよ」

「一つは盗まれた千両箱の行方《ゆくえ》です」

「それはかりはお助け小僧しか知らぬであろう。いずれ、貧乏長屋に、小判の雨が降るのかもしれぬが、中川新之介《なかがわしんのすけ》を手に掛けたとあっては、血の雨も混じっていることだろう。そう思うと、腹立たしくてならぬわ」

「千両箱はかなりの重さです。ここから一人で運び出せるとはとても思えません」

「ならば、中川以外に仲間が居たのだろう」

「なるほど、そうかもしれません。明日、裏門の外をもう一度見てみます。大八車の轍《わだち》が見つかるかもしれませんから」

「そこまですることもあるまい」

「お奉行様からは、どんな些細《ささい》なことも見落とさぬように、と申しつかっておりますゆえ、報告を怠《おこた》ることなどできはしません」

「それはまたご苦労なことだ」

村上はぐいと盃を飲み干した。

「あと、一つは何か？」

「中川様を刺した匕首《あいくち》のことです。土蔵の近くで匕首は見つかっていませんね」

「それがどうした？」

「下手人がお助け小僧だとしたら、持ち帰るだろうかと考えておりました」

「なにゆえ、持ち帰らぬのか？」

「お助け小僧は殺生《せっしょう》をせず、盗んだ金品を施《ほどこ》すゆえに、皆がもてはやすのです。ご家老様がおっしゃったように、切羽《せっぱ》詰まって、中川様を殺《あや》めてしまい、あのような開き直った文を残したとしても、手に掛けてしまったことを、心の底では恥じているはずです。殺生が常道である、手慣れた押し込み強盗ならいざ知らず、持ち帰って、戦利品にするとはとても思えません。千両箱は奪っても、匕首は放り出していくのではないかと――」

「お助け小僧が盗っ人だということを、忘れておるのではないか。中川を仲間に引き入れて、千両箱を盗むと決めた時から、お助け小僧はもはや、以前のようではなくなったのだ。それで人殺しも辞さなかった。なれば殺しに使った匕首を、そう鬱陶《うっとう》しいとも感じなかったのではないか？　心変わりしたお助け小僧は千両箱を一人占めして、小判の雨なぞ、どこにも降らさぬかもしれぬな」

「そうかもしれません。ただし、わたしは明日、もう一度、あの近くを探してみるつもりです」

「無駄に終わるだろうが、これまた、お役目ならば仕方あるまいな」

にやりと笑った村上はさらに酒を望み、季蔵は厨《くりや》へと急いだ。

翌日、季蔵は忍冬《にんどう》の茂みの前で吉次《きちじ》を待った。

「千両箱を見つけたよ」

吉次の目が怒っている。

——やはり、屋敷内にあったのだな——

「ここよりも、もっと、人が近づかない、裏門近くの大欅《けやき》の下だった。昨日、あれから見つけた。土の色が変わってたんで、朝一番でこっそり、掘り返してみたんだ。ただし、これがびっくり——」

吉次の憤懣《ふんまん》はおさまる様子がない。

「中身が空だったのでは？」

「そうなんだよ」

「これで屋敷内の者の仕業だとはっきりしましたね」

「けど、まだ、誰だかわからない」

「ほかに何か、変わったことはありませんでしたか？」

「まあ、特には——」

「何でもかまいません」

「変わったというより、おかしなことが一つあった。見事な枝ぶりの五葉松が一本、蔵の近くにあってね、今日の昼前、これで一悶着《ひともんちゃく》起きた」

「たしか、あの松はまだ菰巻きを着てましたね」

「その菰巻きを取ろうとした植木職にご家老様が刀を抜いたんだ」

——たしかにこれはおかしな話だ——

「理由《わけ》は何だったのですか？」

「何でもその松は、磐城平藩《いわきだいら》安藤《あんどう》家の初代藩主様がお手植えされた、たいそう、ご立派なものだとかで、〝手を触れてはならぬ〟とご家老様はおっしゃってた」

「しかし、大事な松だからこそ、たとえ裏手にあっても、秋の終わり、池の周りにある松同様、菰巻きを着せたはずです。たぶん、その仕事も植木職に任せたことでしょう」

「理屈で押すとそうなるんだろうが、びっくりしたあっしは、一瞬、ご家老様が乱心されたと思ったよ。それほどの剣幕だった。幸い菰巻きはまだ外していなかったんで、植木職は助かったんだが、たかが松の木と言えねえところが、こういう屋敷の怖いところだとつくづく思ったね」

「松の菰巻きはそのままに？」

「そうだよ。そのうち、白い注連縄《しめなわ》でも張って神主を呼び、恭《うやうや》しく、そいつを外すつもりなんだろうよ」

「さすがです、吉次さん」

「そうかね？」

怪訝《けげん》な面持《おもも》ちの吉次だったが、

「ところで――」

季蔵が耳に口を寄せて話すと、

「わかった」

大きく頷《うなず》いた。

季蔵が厨に戻ると毒味役の若侍が待っていた。

「これを殿から預かってまいった」

若者は直立不動である。

昨日の睥睨《へいげい》するような面持ちは消えている。

――昨日の態度はご家老の差し金による、俄《にわか》料理人と見下してのことだったのか。どうやら、お殿様のことは慕っているらしい――

季蔵は達筆に目を落とした。

〝変わりあんこう料理、全て美味《うま》く食べた。ことに唐揚げは美味すぎて、胃の腑《ふ》が案じられたほどだった。酒をあまり飲まず、早くに飯になるゆえ、汁気の多いどぶ汁は飯によく合った。今後、どぶ汁はこれに限る。願わくは、作りたてを口にしたいものだが、毒味役を経ねば口には入れられぬ身では叶わぬ夢である。今日の夕餉がまた、楽しみである〟

――お殿様にお褒めをいただいた――

励みになった証《あかし》に、何やら、季蔵は胸のあたりが熱くなった。

もう一度読み返して、

――是正様は思いやり深いだけではなく、側《そば》に仕える者たちに敬意を抱かせる、しっかりした御気性の方のようだ――

文を返すことにした。

〝わたし流のあんこう料理、あんこうの昆布〆を、今宵、五ツ半頃（午後九時頃）、くだんの土蔵前、初代様ゆかりの松の木裏にて、お召し上がりいただきたいと存じます〟

家老の村上は五ツを過ぎたところで、長い酒と夕餉を切り上げるのだと、他の奉公人たちが話しているのを、季蔵は耳にしていた。昨夜もほぼ、五ツまでつきあわされたのである。

──昆布〆には惹《ひ》かれていたようだったから、夕餉を済ませずに動くとは思えない──

この夕方、季蔵はあんこうの昆布〆を村上の膳にのせた。

「うむ、美味い。さすが故郷《くに》の鮟鱇。鯛にも引けをとらぬ」

村上は、にんまりしながら箸を運んだ。

頃合いを見計って、

「それではお下げいたします」

季蔵は深々と辞儀をして、空いた皿小鉢ののった膳を持ち上げた。

「ご苦労であった」

村上は脇息《きょうそく》を枕にしてごろりと横になった。

この様子を見ていた季蔵は、

──今日は昨日ほど酒を飲んでいない。これからやらねばならぬことがあるからだろう

──

二

膳を厨へ片づけた季蔵は、村上の部屋に面した庭のアオキの茂みに潜んだ。

半刻（約一時間）ほど経つと、村上はおもむろに立ち上がった。手燭《てしょく》を持っている。濡《ぬ》れ縁《えん》にでると一度沓《くつ》脱《ぬ》ぎ石の草履《ぞうり》に片足を預けたが、何を思ったか座敷へと戻り、刀掛けから刀をとると腰に帯びた。

再び草履を履いた村上はアオキの茂みの前に立ち止まった。

──悟られたのか──

季蔵は息を詰めたままでいる。

村上はアオキを通り過ぎると歩き出した。手燭の灯《あか》りが先方にちらついて見える。

──向かっているのは、おそらくあの蔵のはず──

季蔵は四間《けん》（約七・三メートル）ほど、村上との距離が離れてからアオキの茂みを出た。距離を縮めずに尾行《つけ》ていく。

村上は蔵の前まで来ている。遅れて行き着いた季蔵は、

「ご家老様」

声を張った。

「何者‼」

村上は手燭を取り落としそうになった。

「先ほどの料理人でございます」

「何だ、おまえか。何用か？」

「どうにもこの蔵のことが気になってならないので、つい足が向いてしまったのです」

「ここなら、昨日見せたはずだ」

「あれは昼間のことでしたし、どのような闇に紛れて中川様が殺されたのか、この目でしかと確かめたくなったのです」

「何か、新たに気づいたことでもあるのか？」

「はい」

手燭の灯りが蔵の周辺を仄《ほの》かに照らしている。

「その灯りなど足下《あしもと》に及ばぬほど、何もかも明白になりました」

季蔵は松の木の菰巻きを見つめた。

「それが動かぬ証です」

「何を申しているのか、さっぱりわからぬ。さては盗み酒でもして、おかしなことを申しているのではないか？」

村上は嘲笑《あざわら》った。

聞き流した季蔵は、

「中川様を殺《あや》め、千両箱を盗んだ下手人がわかりました」

「それなら、すでにお助け小僧と決まっておる」

「そうではありません。お助け小僧を名乗った卑劣な奴です」

「して、それは誰だと？」

村上は鼻白《はなじろ》んだ。

「ご家老様、あなた様です。あなた様こそ、鮫鱇武士なのです」

季蔵は言い切った。

「馬鹿な、どこに証があるというのだ？」

「証はあなたが松の木の菰巻きから取り出して、懐中におさめた匕首《あいくち》です。おそらく中川様の無念の血にまみれているはずです。深夜、中川様をここへ呼び出したあなたは、錠前を開けるよう命じ、屈《かが》み込んだ隙《すき》をついて、用意しておいた匕首で背中を刺し通したのです。そして、咄嗟《とっさ》にその匕首を菰巻きに隠したのです。匕首といえば、ごろつきや博徒などが持つものと決まっていて、武士には似つかわしくありません。何もかもお助け小僧のせいにしようと、この企みを思いついた時、久松町あたりでもとめればすむものを間抜けなことにあなたは御屋敷に出入りしている刀鍛冶《かじ》に、匕首の注文をしてしまったのだと思います。しかし、中川様を殺めた直後、刀鍛冶が作った特別な匕首には、よりによって、銘が打たれていたことに気づき、もはや、隠すしかなかったのです。銘のある匕首が他の者の目に触れれば、お助け小僧のせいにはできないばかりか、刀鍛冶から辿《たど》って、自分に行き着かないとも限らないと危惧《きぐ》したのでしょう。刀を抜いてまで植木職たちを近づけなかったのは、ご自分の匕首が見つかるのを恐れたからだと思います。どうか、そのいわく

のだ？」

「それに何より、江戸家老であるわしがどうして、そのような無体《むたい》を働かねばならぬの匕首をお見せください」

「わしは断じて、そのようなものなど持ち合わせておらぬ」

凄味《すごみ》のある目で季蔵を睨《にら》み据えた村上は、

「江戸家老職といえば、他藩やお上の御重職方々とも親しくつきあわれ、その出費はたいそうなものだと聞いております。あなたはそのお役目に乗じて、私腹を肥やすことを思いつき、長年に渡り着服を続けていらした。その事実に、勘定方の中川様は気づき、悩まれていたのです。事実を突き付けては、ことが荒立って、お上からお咎《とが》めを受けないとも限りません。そこであなたを諫《いさ》め、着服分を戻させようとしていた矢先だったのではないかと思います。殺された日、こんな夜分に、あなたに呼び出されるまま、ここへやってきたのも、あなたと腹を割って話し合うために違いありません。財政が厳しいのはどの藩も同じです。忠義心に厚い中川様は、あなたの着服を知っても、何か、よほどの事情があるのだろうと思い込んでいたので、誰にもくわしいことは明かしませんでした。もちろん自分の身が危うくなるとは、夢にも思っていなかったでしょう。そして、これがもっと大きな、さらなる盗みに利用されるとは――。あなたは中川様の身体だけではなく、あなたを信じる心も殺してしまったのです。断じて許せません」

言い切った季蔵も相手に強い目を向けたが、

「たいした作り話だ」

村上はへらへらと笑った。ただし、目だけは刀の切っ先のように鋭さを増している。

「まあ、おまえの作り話に乗ってみるのも一興と思うが、一つ訊《き》きたいことがある。わしがおまえの言うように中川を亡き者にしたとして、どこに千両箱を運んだというのだ？あのような重いお宝を一人で運び出せるはずもない」

「裏門に大八車の轍がありました」

「ならば、やはり、お助け小僧とその手下の仕業ではないか」

「跡を見つけたのは今日の朝です。昨日の夕方にはありませんでした。わたしがさしものお助け小僧でも仲間がいなくては、千両箱を外へは運び出せないはずだとお話ししたので、あなたが新しく付けたのです」

「しかし、わしがやったという証はない」

村上は大口を開いて笑っている。目の険しさが際立つ。

「煙のように千両箱が消えたのは事実だがな」

挑んできた村上に、

「千両箱の箱はすでに見つかっております」

季蔵はさらりと一矢《いっし》報いて、吉次から聞いた事実を口にした。

「それで？」

村上の声がややくぐもれた。

「中身の小判も在処《ありか》はわかっております」

「ほう――。どこだというのだ？」

「この中でございます」

季蔵は蔵の扉をまっすぐに見て、

「昨日、中に入らせていただいた折、長持《ながもち》が多数並んでいることに気づきました。おそらく、着物などではなく、香炉や茶道具など、小ぶりで高価なお道具がしまわれているのだと思われました。お宝をしまっておく長持の中に、千両の小判を紛れ込ませるのはたやすいことです。これも、どうか、懐中の匕首ともどもお見せください」

「そんな必要はない」

村上はにやりと笑うと、

「たとえ、わしが刀鍛冶の銘が彫られている匕首を持っていて、それに血が付き、松の木の菰巻きに隠そうが、長持の中から千枚の小判が見つかろうが、おまえの知ったことではないのだ。武家に町方の詮議《せんぎ》無用、すべては徒労だったと、あの世で待っていて、烏谷《からすだに》椋《りょう》十郎《じゅうろう》に伝えよ」

すらりと刀を抜きはなった。

その時である。

「気の毒だが、おまえはここで無礼打ちで果てる運命だ」

「見苦しい、止《や》めよ」

松の木の陰から藩主安藤対馬守《つしまのかみ》是正が姿を現した。

「と、殿」

村上は仰天して青ざめた。

三十路《みそじ》前の年頃の若い藩主は、力のこもった強い眼差《まなざ》しを村上に向けて、

「話は残らず聞いた。そちが松の木の菰巻きの中から、中川を殺めた匕首を取り出す様子も見た。もはや、逃れることはできぬぞ。罪を悔いて、ここで潔《いさぎよ》く、己を裁け」

よく通る声で言い放《はな》った。

「も、もはや、これまで」

村上は一瞬、その場に座り込むかのように見せて、是正めがけて突進した。

是正の首に向けて、刀が振り下ろされようとした刹那《せつな》、村上の利き手めがけて四文銭《しもんせん》が飛んだ。

「おのれ」

悪鬼のような形相《ぎょうそう》の村上は、懐から匕首を摑《つか》んで是正に向かっていく。

季蔵は地面に落ちた刀を素早く拾うと、気配に振り返った村上を、一刀の下に斬り倒した。

「見事」

是正が讃《たた》えた。

是正の後ろに立っている吉次は、胸元から片手を出して、四文銭を季蔵に向けてかざす

と、くるりと背を向けて去った。

この後、是正は季蔵に手にしていた刀を渡すように命じると、

「よいか。村上を不忠者として成敗したのは、このわしだ。皆にもそう言い渡すゆえ、そのように心得よ」

と念を押した。

こうして、江戸家老村上源之丞《げんのじょう》は表向き、病死とされたが、家臣たちは残らず、その悪行を知ることとなった。お助け小僧ともども、中川新之介の濡《ぬ》れ衣《ぎぬ》は晴らされたのである。

――そろそろ、お奉行に申し上げて、お許しいただきたい――

季蔵が烏谷に文を届けようかと思案していると、

「殿が今少し、当屋敷に留まっていただきたいと仰せられています。たいそう、料理がお気に召されておいでです」

毒味役の若者が丁重な物言いで伝えてきた。

三

――ここの料理人が箱根の湯治から戻ってくるのにはまだ間があるし、何より、料理を褒められるのは本望だ――

季蔵はしばらく料理人を続けることにした。

行きがかり上、蕪しか口に入らず、食べ損ねてしまったと是正が、しきりに残念がった

と聞き、昆布〆のあんこうを再度作って出したところ、たいそう気に入ったようで、鮟鱇が届くとこれが刺身に代わっての定番になった。

そんなある日、庭を歩き萌《も》え出ている新緑を愛《め》でつつ、ふと、

——吉次さんはどうしただろう?——

あの夜、四文銭を投げて急場を助けてくれた吉次だったが、その後、姿を見ていなかった。何度か、裏庭へ足を運んでみたが、吉次には会えなかった。

——お助け小僧が人殺しはしていなかったと分かって、得心して屋敷を去ったのだろう。一言、礼を言えなかったのが心残りだ——

沈丁花《じんちょうげ》の芳《かんば》しい香りに包まれて、小さな蕾《つぼみ》をつけている躑躅《つつじ》の茂みの前まで来た時、

「季蔵さん」

低い声が呼んだ。

「いつものところで」

茂みの中からまた、聞こえてきたその声は吉次のものだった。

「はい」

季蔵は踵《きびす》を返して忍冬の繁《しげ》る裏庭へと廻《まわ》った。

「ここへ来ても、会えないのでどうしたのかと思っていました」

季蔵は笑顔を向けた。

「こういうところは鬼や蛇《じゃ》が棲《す》むもんだろう? あの家老だけに魔物が取り憑《つ》いていたと

は限らない。用心してたんだよ」

吉次は小麦粉で半白《はんぱく》にしている眉をひそめて、

「実はあんたがいつ、ここを出て行くか、見張ってたんだ。ところがさ、奉公人たちの話じゃ、殿様はあんたの料理が気に入ってて、最初はいつまでもつかと賭《か》けをする者もいたそうだが、今じゃ、湯治から戻ってくる爺《じい》さんの方が用済みになるんじゃないかってえ、酷《ひで》えことを噂《うわさ》してる。そんなんじゃ、到底、殿様から暇が出そうにないんで、とうとう痺《しび》れを切らしたのさ」

「何かご用でしたか？」

——吉次さんはわたしに話があって残っていたのだな——

「中川様のことなんだ」

——とっくに濡れ衣は晴れたはずだが——

季蔵は吉次の言葉を待った。

「中川様には思い残していることがまだあったんだよ。あんた、料理にはくわしいはずだよな。春恋魚《はるこいうお》って知ってるかい？」

「春告魚《はるつげうお》なら、鰆《さわら》のことですが——」

「いいや、たしかに中川様は春恋魚と言った。〝春恋魚の時季になると、どうしても、何とかしなければならないことが、故郷《くに》を離れていても頭を離れなくなる〟と。中川様は、悪家老の横領を突き止めた今回と同じか、それ以上に思い詰めた目をしていた」

「春恋魚が何であるかはわかりませんが、故郷と関わりがあることは確かですね」

「こいつをどうにかしてやらねえと、供養は半端のような気がしてなんねえ。夢枕にも中川様は立って、〝春恋魚、春恋魚〟ってあっしに訴えるもんだから――」

――吉次さんが中川様との縁をこれほど深く感じていたとは――

季蔵は何やら、胸のあたりが熱くなって、

「わかりました。まずは春恋魚が何であるのか、聞いてみましょう」

「頼むよ」

吉次は手を合わせた。

この日の夕餉には、鮟鱇がまた、届けられてきた。ちなみに鮟鱇の味が最もいいのは今頃だと聞かされている。

――そうだ――

「もしや、お故郷ではこの鮟鱇を春恋魚と呼んでいるのではありませんか？」

季蔵は毒味役の若侍に訊《き》いてみた。

「鮟鱇は鮟鱇です」

真顔で応《こた》えた相手に、

「それでは、春恋魚と呼ばれる魚とは何かご存じですか？」

畳みかけると、

「存じません」

目を伏せた。

――些細なことであろうに、なにゆえ、教えてはくれぬのか――

一瞬、気まずい沈黙と緊張が流れたが、

「本日の鮟鱇は国許《くにもと》の海のものではありませんので、あん肝の珍味にせよとの殿の仰せです」

顔を上げた毒味役は見事に矛先を躱《かわ》した。

「お殿様はあん肝をお好みではないと思っておりました」

上屋敷の老料理人が書き記したものには、〝あん肝は作らずともよい〟とあったので、季蔵はあえて、江戸っ子たちが好むこの珍味を拵《こしら》えずにいた。

「よろしくお願いします」

また、目を伏せて毒味役は厨を出て行った。

この後、季蔵は鮟鱇を吊し切りにすると、あん肝作りを始めた。

血抜きをして水気を切ったあんこうの肝に、塩をまぶしつけてしばらく置き、完全に臭味を取る。その後、この塩をさっと酒で流し、もう一度、酒に浸ける。

蒸籠《せいろう》を用意し、酒に浸けた肝から水気を切って、角皿に載せ、肝の大きさにもよるが、ゆっくりと、七、八百まで数えて蒸し上げれば出来上がる。

これには刺身同様、煎《い》り酒や紅葉《もみじ》おろしのほかに、小口に切った分葱《わけぎ》が欠かせない。

これとは別にもう一品、季蔵は白身で料理を作った。

あんこうの切り身のほかに、さっと茹《ゆ》でた輪切りの唐芋《からいも》、蓮根《れんこん》、人参《にんじん》、大根を準備する。

これらを鉄鍋に菜種《なたね》油を垂らして焼くだけの料理なのだが、あんこうの切り身を焼く時には土鍋の蓋《ふた》が必須であった。切り身の片面を焼いたところで、猪口《ちょこ》半量ほどの水を手でぱっぱっとかけ、素早く、蓋をして火を通す。

こうすると、煮ても焼いても、とかくぱさつきがちな白身魚が、しっとりと仕上がるだけではなく、独特の風味やコクが引き出される。

——とっつぁんには鯛《たい》で教えてもらった焼き方だが、あんこうも同じ白身魚、同様のはずだ——

箸《はし》を取って焼きたてを口に運ぶと、思っていた通りで、季蔵は密《ひそ》かに微笑《ほほえ》んだ。

——しかし、たとえどんなに出来たてが美味《おい》しいものでも、お殿様はすぐには召し上がれない——

それゆえ季蔵は工夫を凝らした。

まずは吉次からもとめたじゅうねん味噌を取り出した。味噌への拘《こだわ》りが抜けず、ついつい持ち込んできていたじゅうねん味噌に、煎った白胡麻《ごま》を加えてあんこうの鉄鍋焼きのたれにした。

このたれは、菜種油でさっと両面を強火で香ばしく焼いた冬野菜にも、ことのほかよく合うことを、試した季蔵は知っていた。

こうして、いつものように、夕餉の膳が調えられ、毒味役の若侍がお役目を果たした後、奥へと運ばれて行った。

　一刻（約二時間）ほど過ぎて、膳が下げられてきて、ほどなく、
　毒味役に告げられた。

「殿がお呼びです」

「すぐにまいります」

　季蔵は寝間にと与えられた小部屋で着替えを済ませると、廊下で待っていた毒味役に案内されて、是正の待つ部屋へと急いだ。

　是正は一人であった。すでに人払いがされている。

「このたびのこと、そなたには助けられた。礼を申すぞ」

　是正は賢明そのもののすがすがしい目を向けて口元をほころばせ、あろうことか、深々と頭《こうべ》を垂れた。

　驚いた季蔵は、

「勿体《もったい》ない、どうか、頭をお上げになってください。わたしはお役目を果たしたまでのことでございます」

　冷や汗がどっと首筋から流れるのがわかった。

「実はこれほど危ない調べはなかったのだ。中川が盗っ人の一味で、仲間割れで殺されたのだと村上は仄《ほの》めかしたが、わしはどうしても、幼き日、身命を賭してわしを守った中川にそのような不忠があるとは思えなかった。思い余って、父の宴《うたげ》で遭ったことのある、町

奉行の烏谷椋十郎に調べを頼むと、こんな応えが返ってきた。〝殺された中川殿が盗っ人だったのか否《いな》かを、調べる手だてはございます。それに長《た》けたふさわしい者を知らぬでもありません。ですが、これが対馬守様の思惑通り、内々の仕業であった場合、調べに当たる者の命のみならず、関わる対馬守様のお命まで危うきものとなりましょう。どのようなことが起ころうと、町方は武家屋敷には踏み込めず、頼りにはなりません。その者の手腕に賭けるしかないのです〟と見事、釘を刺されたのだ」

——やはり、そうだったのか——

季蔵は塩梅屋《あんばいや》を後にした時の胸騒ぎを思い起こしていた。

「そなたも烏谷から聞き及んでいたであろう？」

「はい」

答えた季蔵は、

——お奉行は老料理人が書いたあんこう料理の作り方と、訪ねる日時しか届けて来ず、お殿様にだけではなく、村上にまでわたしのことを話していた。おそらく、お奉行は村上に一抹の疑いを抱いていて、わたしに油断させず、村上に油断させるつもりだったのだろう。お奉行らしい芸当だ——

心の中で苦笑した。

四

「ともあれ、難儀な役目、真にご苦労であった上、そなたの料理がいたく気に入ったからとはいえ、長く引き止めてすまぬと思っている。礼をしたい。何なりと申せ」

「滅相もございません。それはかりはお許しください」

季蔵は頭を垂れるばかりである。

「わしから礼をもらっては不都合なことでもあるのか？」

「先ほど申し上げましたように、これはわたしの役目でございます。お心だけ有り難く頂《ちょう》戴《だい》させて頂きたく存じます」

季蔵は固辞した。

「ならば、仕方がない。そなたが知りたがっているという、春恋魚について教えよう」

――殿は春恋魚をご存じだった――

季蔵は思わず顔を上げた。

「ところで、この魚について誰から聞いた？」

是正は心持ち警戒している。

――魚ごときでどうしてこんな風に？　もしや、これは只《ただ》の魚の名ではなく、安藤家の重大事を示すものなのかもしれない――

季蔵は不可解だったが、中川新之介が市井《しせい》の知人に洩《も》らした話だと告げた。

「中川はよほどその相手に心を開いていたのであろうな」

ふっとため息をついた是正は、

「春恋魚は合言葉などではない。魚のことだ。だが、江戸にいる間に限り、我らが禁句にしている言葉なのだ」

「なにゆえ、魚の名が禁句なのでございますか？」

「そなた、大名家の暮らしぶりをどう聞いておる？」

是正は真顔で訊《たず》ねてきた。

「下々には計り知れぬものと推察申し上げております」

「計り知れぬ苦労がある。しかし、何と言っても第一は金だ。お上へのお勤めのため、江戸屋敷を構え、国許と行き来するのにどれだけの金がかかるか。それだけでは済まない。災害等の折にも、ご奉公は欠かせない。海の幸が豊富でよいと羨《うらや》まれる我が藩ではあっても、夏が冷たく米や麦が出来ずば、いつ、何時《なんどき》、飢える領民が出ぬとも限らない。それゆえ、藩のお助け小屋には常時、米俵を詰め込んでおかねばならぬ。そのための春恋魚なのだ」

是正はそこで一度言葉を切った。

「普段から米を節約して、ふんだんに獲《と》れる魚を食べるのが春恋魚なのでございますね」

季蔵は念を押したものの、

――しかし、それでは春恋の意味が不明だ――

「春恋魚とは秋刀魚《さんま》の糠漬《ぬかづ》けのことだ。毎年秋口になると、回遊している秋刀魚が我が藩の沖合を銀色に染める。秋刀魚の海のように見えるのだ。この時季、領民たちは脂の乗った秋刀魚に舌鼓《したつづみ》を打つ。しかし、飽きるほど秋刀魚が獲れるのは、三月《みつき》ばかりのことだ。年に三月しか食べることのできぬ秋刀魚を、何とか、長く味わいたいと思いついたのが、秋刀魚の糠漬けだったと聞いておる。糠漬けにすると秋から半年、春先までその味を楽しむことができるのだ。春恋魚と呼ぶことに決めたのは、俳諧《はいかい》が好きだったわしの祖父だ。〝春恋えば糠の秋刀魚に美酒一献〟と詠《うた》い、〝寒さが和《やわ》らぎ、作物の芽が吹く春の到来を、当地ならではの糠漬けに工夫した秋刀魚で待つ。春恋魚ともなれば、さしもの秋刀魚の糠漬けも、領民たちの冬場の暮らしを支える漬け魚であるだけではなく、なかなか風情のある逸品となろう〟と仰せられたそうだ」

「先々代の殿様が名付けられた尊い呼び名を、なぜ、禁句になされたのでございますか？」

「江戸では誰もがそこそこ食べられる。飢えやお助け小屋とは無縁だ。金さえ使えばたいていのものは手に入るし、美味《うま》いものも食べ放題。ここでも秋刀魚は三月ほどしか食べられないが、下魚とされ、わしの国許のようには大切にされていない。これに気づいた父が、〝我らが春恋魚を江戸にて、秋刀魚の糠漬けと明かせば、我が磐城平の窮乏を、田舎《いなか》者の戯言《たわごと》と嗤《わら》われ、面白可笑《おか》しく語られるだけだ。これでは春恋魚と命名されて尊ばれた先代のご意向が無になる。ついては固く口を閉ざすように〟とお命じになられたのだ。父の頃には、洩らせば自害の厳罰が下った」

――わからないでもないが、武家も大名家ともなると、かくも誇り高く、矜持《きょうじ》を保ち続けなければならないのだな。一方、その禁句を中川様から聞いた吉次さんは、是正様のおっしゃる通り、たしかに厚い信任を得ていたことになる――

「禁句を他へ洩らした中川様をお父上に倣《なら》って罰するおつもりでいらっしゃいますか？」

中川新之介はすでに故人だったが、国許には家族がいるはずであった。中川家の者の不始末は家族にも及ぶ。

「いや。まだ、皆には申し伝えていないが、このことを止めにしようと思っている。今度の一件は堪《こた》えた。窮乏した田舎者だと思われないようにと、見栄《みえ》を張ったつきあいを続けていたゆえに、村上のような者に横領の隙を与えてしまったのだ。これはよくよく悔いて、肝に銘じなければならぬと悟った」

――よかった――

季蔵はほっと胸を撫《な》で下ろした。

「中川様は春恋魚と関わって、お悩み事があったと聞いております。お心当たりはございませんか？」

「心当たりがあらば、何とする？」

是正は季蔵の顔に目を据えた。

「実はわたしは、中川様が知り合った市井の者と親しくしております。その者は中川様の供養のために、春恋魚にまつわる心残りを受け継ぐ覚悟です。微力ではありますが、わたしも力を貸したいと思っております」

「そなたとその知り合いが我が磐城平へ出向くというのか？」

是正は驚いて目を瞠《みは》った。

「必要とあらばそうさせて頂きます」

季蔵は言い切った。

――春恋魚が秋刀魚の糠漬けだったのは、きっと何かの縁なのだろう。わたしはこれを浩吉《こうきち》さんに代わって味わい、供養をしなければ気がすまない。吉次さんも、中川様に対して同じ思いだろう――

料理人の浩吉は、季蔵の前で犯した罪を白状し自ら毒を呷《あお》って死んだ、漬け魚の名人であった。そんな浩吉の今際《いまわ》の際《きわ》の言葉が、死ぬまでに一度、食べてみたいと言い続けていた、〝秋刀魚の糠漬け〟であった。

浩吉の言葉が耳から離れずにいた。

――秋刀魚の糠漬け――

今も聞こえる。

――しかし、これぞ、料理人の因果なのだろう――

「決意のほど、あいわかった。ただし、心当たりは春恋魚殺傷沙汰《ざた》と呼んでいる、十年前の今時分、備蓄した春恋魚が残り少なくなって、春を待つ心の辛抱が切れた頃、城下で起きた殺傷以外ない。殺されたのは当時、城下一の海産物問屋いわき屋の若い主《あるじ》だった。どうして、わしの耳に入ったかといえば、その主の骸《むくろ》を見つけたのが、何と中川だったからだ。あの頃は中川もわしがせがむままに、城下で起きたことをよく話してくれたものだった。中川はその日、ことのほか、気持ちが高ぶっていて、〝殿、これはもう、いわき屋を潰そうという商売仇《がたき》の仕業に違いありません。政《まつりごと》は商いと切っても切れず、御家の一大事につながりかねません〟などと炯眼《けいがん》を示した」

「下手人はお縄になったのでございますか？」

「いや。未《いま》だに見つかっていない」

「いわき屋はその後も繁盛していますか？」

「いわき屋は先代夫婦が流行病《はやりやまい》で相次いで死んでしまい、商いは先代以上に遣《や》り手との噂《うわさ》が高かった嫡男が継いでいた。殺されたのはこの主だったので、商いに手ひどく響き、店を仕舞ったかどうかまでは知らぬが、今はもう、聞かぬ名になってしまった。三日にあげず城へ出入りしているのはえびす屋だ。いわき屋が栄えていた頃には、天秤《てんびん》棒で魚を売り歩いていたという成り上がり者だ」

「殺された主に縁《ゆかり》の者はいるのでございましょうか？」

――中川様の心残りは残された縁者たちへの想いであったのでは？――

「年齢《とし》の離れた妹が二人いると申していた。それだけだ。だが、このことがあってから、中川は変わった。決して心の揺れを露《あら》わにしなくなった。わしはこの事件ゆえだと確信していたので、剣術の稽古《けいこ》で打ち合った後などに、あれはどうなったのかと仄めかすと、〝いや、もう、あの件は〟と話を逸らせた。触れたくない、話したくないのは、心深くに秘めている決意があるのだと思った。中川は密《ひそ》かに、いわき屋の主殺しの調べを続けていたのではないかと思う。しかし、わしが江戸に呼んだので、それも出来なくなり、このままでは真相が埋もれてしまいかねないと、日々、悩んでいたのだろう」

――秋刀魚の糠漬け――

季蔵はどこからか、浩吉の声が聞こえたような気がした。殿様の御前だというのに、あろうことか目が閉じられた。刀を腰に帯びた長身の侍が後ろを振り返ると、中川のはずのその顔は浩吉であった。

――何としても、これはわたしが果たす役目なのだ――

「中川様の心残り、わたしが受け継がせていただきたく存じます」

季蔵は是正の目をまっすぐ見上げた。

「何と――」

目を潤ませた是正は、

「中川も確信していたように、これには政や商いの鬼や蛇が跋扈《ばっこ》している。国許には海や山川がある。江戸屋敷など比べものにならぬほど、山は高く川は深い。山へ迷い込み、海や川に落ちたら帰っては決して来られぬのだぞ。よいのだな」

「承知いたしております」

五

磐城平行きを決めた季蔵が部屋から下がろうとすると、

「国許では城代家老《じょうだいがろう》興田采女《おきたうねめ》に会《お》うてくれ」

是正に呼び止められた。

「文を言付かるのでございましょうか？」

「江戸家老の悪行とその始末を伝える文はすでに送った。そなたに頼みたい用向きは、今晩の夕餉に出たあんこうの焼き物を是非とも、爺《じい》にも味わわせてやりたいのだ。あれはまさに目から鱗《うろこ》だった。焼き野菜ともども美味《うま》かった。たれに使っていたのはじゅうねんであろう？」

「はい。相馬《そうま》の名物じゅうねん味噌に白胡麻を混ぜました」

「荏胡麻《えごま》は奥州の胡麻じゃ。当家に限らず、奥州諸国では、たいてい、どこでも、相馬に倣い、じゅうねん味噌を作らせている。名高い相馬のじゅうねんをそのまま使わず、白胡麻を混ぜたが、そなたの当家への配慮と見た」

是正は目を細めた。

「恐れ入りましてございます」

「ところで、国許では鮟鱇といえば肝魚と決まっていて、白身は味が劣るとされ、とも酢、とも和《あ》え、どぶ汁等、肝抜きでは身を食べぬのだ。そなたの焼き物を食すれば、間違いなく、白身も見直され、鮟鱇を今以上に美味く食べる手立てとなろう」

是正の満面に笑みが宿った。

「もしや、殿が国許の海から上がった鮟鱇であん肝を召し上がらないのは、当家の御家訓なのではありませんか？」

季蔵は春恋魚、秋刀魚の糠漬けが、天災による不作や、長い冬による窮乏と無縁ではないことに行き当たった。

「気がついたか」

是正の笑みが薄くなった。

「とも酢やとも和え、どぶ汁にすれば、たとえ量は少なくとも、珍味の肝が多くの者の口に入る。だが、あん肝にするとせいぜい、二人、三人が食べられるだけだ。それゆえ、秋刀魚の糠漬けを春恋魚と詠《うた》った祖父が、藩主たるもの、決して、あん肝は食べてはならぬと言い残したのだ。父もわしも江戸の宴席であん肝が出ると、まずは、獲れた場所を訊き、磐城平の海のものだとわかると、腹痛を起こすことにしていた。食べ飽きているなどと言って、見栄を張ったふりをする時もあった。とはいえ、あん肝は美味い逸品だ。藩主や家《か》中《ちゅう》の者たちは、痩《や》せ我慢して食せぬが、国許の漁師たちは舟の上で堂々と、飯屋ではこっそり上客に出していると聞く。誰もが美味いと感じる食べ物を取り締まることはむずかしい。これも春恋魚の禁句同様、いずれは解かねばならぬ禁忌と思っていた。そなたのあんこうの焼き物は、あん肝と肩を並べられる美味さだ。これが広まれば、肝なしでもあんこうは身が美味いとされ、白身に人気が出て、誰もが食べたがり、我らも大手を振って、時々はあん肝を食することができるだろう」

「わかりました。まずは、城代家老様の御膳をあんこうの焼き物で調えさせていただきます」

「よろしく頼む」

季蔵は磐城平へと旅立つこととなった。

翌日、裏庭で落ち合った吉次にこの話をすると、

「あっしもお供させてください」

即座に言った。

「しかし──」

季蔵は今回以上の危険が待ち受けているだろうと告げた。

「磐城平はさぞかし広い伏魔殿なんでしょうね」

さらりと受け流した吉次は、

「見も知らない中川様のために、季蔵さんが命を投げ出すってえのに、あっしがもたもたしてて、どうするっていうんです？　そもそも中川様はあっしの知り合いなんだし、お助け小僧をやらかして、すっかり狭くなっちまったこの江戸から、いなくなった方がいいのは、塩梅屋で皆《みんな》が帰りを待ってる季蔵さんじゃなくて、このあっしなんですから。爺さんのふりを止めて、この御屋敷を出れば、いつお縄になって、こうなるとも限りませんしね」

手刀を首に当てた。

──たしかにその通りだ──

季蔵には返す言葉がなかった。

「そいじゃ、あっしの分も通行手形をお願いしやすよ。発《た》つ日が決まったら、ここにまた来てください」

そう言い残すと、吉次はさっさと踵《きびす》を返した。

──手形の伝手《つて》があることまで見透かされてしまったか──

季蔵は烏谷宛《あ》てに以下の文をしたためた。

〝引き続き、お役目を続行いたします。ついては磐城平へ出向くこととなりました。従者を一人雇いましたので、その者と合わせて二人分の通行手形をご手配ください〟

村上源之丞の企みを看破した、江戸屋敷での一件は、すでに藩主安藤対馬守是正から、親書が届いているはずであったが、返ってきた烏谷からの文には、大きな字で、〝役目ご苦労〟とだけ書かれてあり、二人分の通行手形が添えられていた。

通行手形には関所に渡す関所手形と、住まいや職種、菩提寺《ぼだいじ》等の書かれた往来手形の二種がある。季蔵のそれには銀杏《いちょう》長屋、料理人、長次郎の眠る蓮華寺の名が記されていたが、吉次の往来手形となると、

「こりゃあ、たまげたね」

一瞬、当人は当惑した。

「でっちあげでよかったのにな」

江戸でも屈指の料理屋、あの酔壽楼《すいじゅろう》の今は亡き料理人、浩吉の名が書かれていた。

──おそらく、是正様は中川様と市井の友の話を、お奉行になさったのだろう。それで、お奉行は雇ったわたしの従者が、その者であると見抜いたのだろうが、よりによって、なにゆえ、浩吉さんの名など、吉次さんに名乗らせるのだろう──

季蔵は秋刀魚の糠漬けのことも含め、烏谷の前で料理人殺し等の下手人だった浩吉への私情を、口にしたことなど一度もなかった。相変わらず烏谷の真意は底知れず、計り知れなかった。

「まさかお助け小僧と書いた手形は持てねえし、お宝絵の一件で正体が割れちまったから、煮豆売り吉次とも書けねえしな、ま、こんなもんだろ」

すぐに吉次はけろりとして、

「呼ばれても返事ができねえといけないな」

浩吉、浩吉と繰り返した。

そして、季蔵は老料理人の湯治が長引くようなので、今少し屋敷で代わりを務めなければならなくなって、皆に申し訳ないと思っていること。しかし達者で過ごしているから安心して欲しいことをしたためた文をおき玖に届けた。

旅立ちは翌朝と決まった前夜、

「殿から言付かってまいりました」

毒味役の若侍が是正からの文と餞別《せんべつ》を届けてきた。文には、

〝中川が心を開いて酒を酌み交わした市井の友によろしく伝えよ〟

とあった。

毒味役が去った後、金包みを開くと小判が十枚出てきた。過分な餞別である。

――やはり、是正様はお奉行に吉次さん、市井の友の話をなさり、お奉行はわたしの従者はその者に違いないと、是正様に伝えたのだろう。それでこのように過分に賜ってしまった――

如何《いか》にも、烏谷らしい配慮に季蔵は有り難くも呆《あき》れた。

日の出とともに日本橋を発った二人は、品川宿、内藤新宿、板橋宿と並ぶ江戸四宿の一つ千住《せんじゅ》宿へと向かった。

この千住宿は日本橋から二里八丁（約八・七キロ）。日光街道と奥州街道の最初の宿場で、磐城平へ続く奥州街道の脇道である水戸街道はここから始まる。

千住宿を通り過ぎ、中川、江戸川を越えて下総《しもうさ》国へと入った。松戸宿、小金《こがね》宿を過ぎ、千住宿から数えて四つ目の我孫子《あびこ》宿に着く頃には、すっかり日が暮れていた。我孫子宿には本陣も脇本陣もあり、かなり大きな宿場町である。

二人は一番最初に目に入った旅籠《はたご》に泊まることにした。

茶を盆に載せて入ってきた大女の飯盛《めしも》り女が、

「すぐ、飯だね。酒はどのくらい？」

にっと季蔵に笑いかけた。

くるくるよく動く大きな目が烏谷を思い出させた。

——どうやら、あんたが目当てのようだぜ——

吉次に肘《ひじ》で脇腹を突かれたが、

「吉次さん、江戸を出たことは？」

季蔵は素知らぬふりで訊ねた。

「これが初めてさ」

「わたしもです。となると、二人とも旅は新米というわけですよ。磐城まで、あと四日はかかります。互いにとかく過ごしやすい酒は、しばらくお預けにしておきませんか」

「そうだな」

吉次はがっかりした様子もなく相づちを打ち、烏谷似の飯盛り女は廊下に出ると、がたぴしと荒い音を立てて障子を閉めた。

翌日、宮和田《みやわだ》の渡しで小貝川《こかいがわ》を渡ると、そこはもう常陸《ひたち》国であった。

宿を取る土浦宿は、水運と水戸街道によって、発展した宿場だけあって、千住宿並みの賑わいを見せている。

旅籠で出された夕餉は、千住宿のものとほとんど同じで、飯、汁、香の物、平椀に蓮根と野菜の煮物、川魚の焼き物という、一汁三菜であった。美味そうに平らげた吉次は、ふっと幸せそうに微笑《わら》って、

「昔を思い出すよ」

しみじみと洩らし、飯、汁、小魚の佃煮《つくだに》の朝餉に向き合った時も、同じ言葉を繰り返し

た。

——きっと温かい、よい思い出なのだろう——

頼んであった握り飯を懐に入れて、二人は宿を後にした。

六

水戸宿を目指して松並木を歩いていく。三月とはいえ、風はまだまだ冷たい。

「北へ向かってるんだから、これから、もっと寒くなるんだろうな。それにしても、今日は天気がよくてよかった」

吉次が呟《つぶや》いたが、一刻（約二時間）も歩くと、身体中がじんわりと温かくなってくる。陽《ひ》が高く上がればなおさらであった。

竹原宿に入るところにある神社の境内で弁当の握り飯を広げると、

「この冷たい握り飯もばあやを思い出すよ。何だか、ほっこり温かく感じるんだから、おかしなもんだよ」

吉次の言葉に、

「よほど優しいばあやさんだったのでしょう」

「おっと、いけねえ。つまんねえ、昔話をしちまった。江戸を離れたせいで、調子が狂っちまったんだな」

後は無言で吉次は握り飯を食べ終えた。

立ち去ろうとして神社の入口を潜《くぐ》り抜けた時、季蔵は大きな桜の古木に気がついた。

「見事ですね、花をつけた様はさぞかし美しいことでしょう」

季蔵はただ、今は花の時季でなかったのが残念であったが、

「古参のこいつはさんざん、いろんな人の生き死にを見てきたんだろうな。そいつを忘れさせまいとして、毎年、必死に花をつけて披露するのかもしんねえ。こいつの見てきたもんに比べりゃ、あっしたちなんぞ、ちっぽけなもんさ」

——吉次さんの心の中で、この桜の満開の様子が想い描かれる時、慈《いつく》しんでくれた故人の思い出が重なるのだろう。故人とは、たぶん、ふと洩らしたばあやさんのことで、吉次さんはきっと、多くの奉公人にかしずかれる生い立ちだったに違いない——

天候に恵まれているうちにと、二人は先を急いだ。


「さすが、御三家水戸様のお膝元《ひざもと》だな」

吉次がいたく感心しているだけあって、水戸宿は江戸の町と並ぶほどの賑わいではあったが、風はまた一層、冷たくなってきた。

「ひとつ、つきあってくれませんか」

宿の夕餉を断って、季蔵は町の料理屋へ吉次を誘った。

「季蔵さん、あんたのことだ、遊び心じゃあないね」

「ここのあんこう料理を試したくて」

「あんこうは江戸の御屋敷でさんざん、極めたんじゃなかったのかい？」

「水戸では磐城平と同様、冬場は鮟鱇が名物です。磐城平にはないあんこう料理があってもおかしくない気がします」

「なるほど、面白い。いいよ、つきあうよ」

二つ返事の吉次を伴って、宿を出た季蔵は町中を歩き回った。

「季蔵さん、土浦から歩き通した後だから、ちょいと疲れてきたよ」

「すみません、あんこう料理屋の暖簾《のれん》を探していたものですから」

「あんこう料理屋？　まあ、冬場は江戸にもあるんだから、本場のここにもあっておかしかねえが――」

そんな話をしていると、

「今日は鮟鱇ぅ、鮟鱇ぅ、美味いぃ、安いぃ――」

客引きの声がふと季蔵の耳に入った。

――江戸を発ってまだ、三日だというのにもうなつかしいのか――

江戸風を真似《まね》た、語尾を高く引いた呼び声に釣られて、一間（約一・八メートル）ほどの狭い間口《まぐち》の店に入ってしまった。暖簾には不思議にも白子屋《しらこや》とあった。

白子とは食用にする雄魚の精巣の総称である。鱈《たら》や鮭《さけ》、河豚《ふぐ》等のほかに鮟鱇の精巣もこれに適する。

驚いたことに座る場所がないほど、大勢の客たちでひしめいている。

忙しく立ち働いている背中の曲がった老婆が、

「白子揚げと白子汁でいいね」

愛想笑いで前歯の抜けた歯茎を剝《む》き出しにして念を押した。

二人は頷くほかなかった。賑やかに酒を汲《く》みつつ、客たちが箸を動かしているのを見ても、品書きはそれだけのようであった。

「へい、おまたせ、白子汁。とにかく、これは暖まるんだよ」

老婆は立ったままの二人に椀と箸を渡した。

「どこに白子が入ってるんだい？」

箸で椀を搔《か》き混ぜて目を凝らした吉次は文句を言った。

季蔵は一口啜《すす》って、

――味付けにも白子は使われていない――

「でも、美味いだろ？」

老婆の前歯のない口がまた笑った。

もう一度、季蔵は試し、吉次もこれに倣った。

老婆が白子汁と呼んだ汁は、ぶつ切りにした骨付きのあんこうの身と葱《ねぎ》しか入っておらず、澄んだ汁の味付けは塩だけであった。

「たしかに美味い‼」

「こんな美味い汁、飲んだことがねえ」

さっぱりとしたコクの白子汁は美味であった。

――もとより鱈では遠く及ばないが、鯛と比べても軍配はこちらに上がるはずだ――

「ここらで獲れる弥生《やよい》のあんこうはお墨付きなんだよ。寒さのせいで白身にまでよく脂が乗ってる。だから、肝無しでも美味いんだ。どぶ汁は肝入りと決まってるから、今更、肝無しどぶ汁とも呼べないし、それで思いついて、あんこうの白身と汁の色にかこつけて、白子汁って名をつけてみたんだよ。お見通しの通り、白子を使ってるわけじゃないけど、店の名もこれにあやかってる」

老婆は多少、後ろめたそうな顔になった。

「白子屋と暖簾を出しつつ、肝や白子を使わない料理を出すには、何かいわくがありそうですね」

季蔵は是非ともその理由《わけ》が知りたくなった。

「うちは、元々漁師でね、今は倅《せがれ》が鮟鱇を獲ってる。鮟鱇は昔からそうは沢山獲れない魚だから、お大尽《だいじん》たちが出入りする、格のある料理屋が高く買ってくれる。けど、食い道楽はとかく、あん肝や白子の酢の物だけがお好みで、その日の注文によっちゃ、吊して切った白身の方は捨てることもあるんだって。勿体ないにもほどがある。それで、あたしゃ、うちで鮟鱇を捌《さば》いて、肝や白子を別売りにすることを思いついたのさ。そうなると、うちでも、残った白身の始末に困るから、こうして、商うことにしたんだよ。お客さん方、お江戸のお方だろう？　本当にいい時においでくだすった。江戸に帰ったら、今時分の水戸に泊まったら白子屋のあんこうに限るって、皆さんに話してくださいね」

老婆は口をすぼめてほほほと笑った。

残さず汁を啜った後、差し出された皿には、これまた、骨付きの白身のぶつ切りが唐揚げにされたものが、盛られていた。ほっこりと脂がよく乗っていて、揚げ油の香ばしさと相俟《あいま》って、申し分のない美味さであった。

――素材に勝《まさ》るものなしとはまさにこのことだな――

ちょうど席が空いたので、二人は白子揚げと白子汁を追加し、

「いきますか?」

「そうだね」

この日ばかりは肴《さかな》の美味さに負けて、ついつい、旅立ってから初めて口にした酒を飲み過ごした。

翌日は岩城相馬街道（浜街道）を抜けて安良川《あらかわ》宿へと向かわねばならない。あいにくの雨模様である。

曲尺手《かねんて》と呼ばれる曲がった道を通り、那珂《なか》川に出て船で対岸に渡ると、枝川宿が見えた。

二日酔いが多少、堪えている二人は無言である。ふう、はあという互いの息遣いが聞こえてはいるが、どちらも、足の運びは常より早く、その足は安良川宿へと向かっている。

「酒のおかげでぐっすり眠れて、このところの旅の疲れがとれた。ただし、次の日、気分の悪くなるのだけは玉に疵《きず》、酒の悪いところだ。そろそろ腹が減ってきて、玉の疵も無く

なる頃だ」

途中、吉次はごくりと生唾《なまつば》を呑《の》んで、茶屋を探したが、これがなかなか見つからない。

「それにしても寂しい街道だぜ」

海沿いに続く岩城相馬街道は、旅情あふれる風光明媚《めいび》な道のりではあったが、沿道の宿場町はのどかすぎて、宿場町特有の活気や賑わいとは無縁であった。

これは参勤交代の際、仙台藩はじめ奥州の諸藩が奥州街道を多く選択していたからであった。岩城相馬街道は磐城平藩、相馬藩等が利用していたに止《とど》まる。

「これで一息入れましょう」

朝餉に手がつかず、名物の納豆を芯《しん》にして、握ってもらった握り飯の竹包みを季蔵は、肩で振り分けていた柳行李《やなぎごうり》を下ろして取り出した。

季蔵に隣り合って、近くの木陰に座った吉次は、

「朝は嗅《か》ぐどころか、見るのも嫌だったが、さすが、水戸納豆は美味い。だが、ばあやの納豆もこれに負けぬほど美味かった」

納豆の糸の引く様子に目を細めた。

七

この日は安良川宿に泊まり、翌朝も早くから磯の香に鼻をくすぐられながら、海沿いの道を二人は急いだ。

雨上がりの空はからりとよく晴れて、海の色は見事な群青である。

「いいねえ、海ってえのは——」

立ち止まって遠方の大海原を見ていた吉次は、浜辺に打ち寄せる白い波に目を止めて、

「海が神さんなら、こいつらは人だ。人はちっぽけだが、神さんにつながってる。こりゃあ、いいや、いいよ」

明るく笑って、

「ばあやの郷里《さと》が遠野でさ、江戸に来るまで海を見たことがなかったって話を、遠野じゃ、馬も牛も木までも、生きてるもんはみーんな、神さんだって話と同じぐれえ、繰り返し聞かされたもんだった」

と続けた。

磐城平が見えてきたのは日暮れが近づいた頃であった。

「今日は天気に助けられましたね」

二人は名残《なごり》惜しい気持ちで、水平線に沈もうとしている太陽を見送った。

城下に入ると、

「江戸のお方で塩梅屋さん、季蔵さんはおらんかな、おらんかな、塩梅屋さん、季蔵さん、お着きでなかろうか?」

いそ屋と染め抜かれた法被《はっぴ》を着込んだ旅籠の客引き数人が、大声で叫んでいるのが聞こえた。

「どうやら待たれてたみたいだな」

吉次の顔に緊張が走った。

「お客さん、江戸のお方でないかね」

二人は止められて取り囲まれた。

「お役人様に道中手形を見せてもらってもええと言われてるぞ」

「けんど、そいつは少々、手荒すぎる」

「そんな暢気《のんき》なこと言うてて、雲隠れされてしまうと、後でえれえお咎めを受けるぞ」

「とにかく、うちへお連れせんと」

客引きの奉公人たちは焦っている。

——これはいったい、どうしたことだろう。お咎めを受けるというのならば、よし、ここは仕方ない——

季蔵が無言で頷くと、

「よかった、よかった」

「塩梅屋さんだ、季蔵さんだよ」

一同は色めき立った。

「磐城平一番の旅籠いそ屋へご案内申し上げます」

こうして、二人は目抜き通りに陣取っている、大きな構えのいそ屋に草鞋《わらじ》を脱いだ。いそ屋は、これまで泊まってきた宿とは、比べようもないほど豪奢《ごうしゃ》な造りである。

通されたのは次の間や縁先に庭まである上等の部屋で、驚いたことに、飛ぶようにして主自らが挨拶《あいさつ》に訪れた。

膝に置いた拳《こぶし》を固く握りしめて、胡麻塩頭の町人髷《まげ》を振り立て、

「よくおいでくださいました。城代家老の輿田様の命《めい》により、ここにおいでになる間、わたくしどもがお世話させていただきます。不行き届きな点などございましたら、どうか、ご遠慮なくお申し付けくださいますよう――。なにぶん、田舎宿のこととて、ご不自由もございましょうが、江戸ほどの眺めではございませんが、梅や桃はもとより、早い桜も愛《め》でていただけます」

ひたすら愛想笑いを連発した。

湯に浸かって部屋に戻ってみると、豪勢な夕餉の膳が待ち受けていた。

鯛、鱸《すずき》、平目の刺身の大皿と、アイナメとノドクロ、二種の煮魚、酒は会津から取り寄せた逸品である。

「まるでどこぞのお大尽の待遇だな」

吉次はあまり楽しくない顔をしている。

「お殿様が城代家老様に書状でわたしたちのことを報せたのでしょう」

「料理を教われってかい？」

磐城平で季蔵があんこうの焼き物を披露することは、すでに吉次に伝えてあった。

「料理を教わるだけにしちゃあ、気張りすぎてねえか。主が言ってた、梅や桃、早い桜っ

てえのは、相手をする女が要るなら、年増《としま》、中《ちゅう》年増、生娘《きむすめ》、よりどりみどりだってことだぜ。これにはきっと裏がある」

「めんどうなことになりましたね」

季蔵は頷いた。

二人は酒はほどほどにして、飯を頼み、刺身と煮魚で腹を満たして寝た。

寝しなに、

「白子汁、白子揚げ、納豆入りの冷えた握り飯、道中はよかった、美味かった」

と吉次が呟き、その通りだと季蔵は思った。

常に人の気配が廊下にあった。凪もないのに庭からかさこそという音も聞こえてくる。

――たぶん、ここでは四六時中、どこへ出かけても、誰かに見張られることになるだろう――

翌朝、城代家老から季蔵に急ぎ登城せよとの沙汰が届いた。

「あっしも行くよ」

「いいんですか？」

用向きは何も書かれていなかった。

「あんたが作って見せるってえことになってる、あんこうの焼き物だけのことじゃあ、ねえだろうし」

「中川様が国許に思い残されたことと関わりがありそうです」

――まっすぐな御気性の是正様は、たぶん、このことも興田様に伝えられたのだろう――


「あっしもそうだと思うね」

「まだ、向こうの思惑は、はっきりとはわかりません。ただ、手厚くもてなされているようで、真意は別にある、そんな気はしています」

「だったら、なおさら、お供が要るよ」

吉次はそそくさと身支度を始めた。

磐城平城は通称龍ヶ城《りゅうじょう》とも言われている。城の佇《たたず》まいが、〝磐城名物三階櫓《やぐら》 龍のお濠《ほり》に浮いて立つ〟と詠われているほどの絶景であった。

季蔵は厨の脇にある小部屋に通された。吉次は廊下に座って控えている。

「粗末な場所で済まぬな」

城代家老興田采女は季蔵が名乗る前に、まず、そう言って詫《わ》びた。

季蔵の挨拶が終わると、自らではなく、

「城代家老様の興田采女様であられる」

付き従っていた家臣が告げた。

「市井の者に名乗ることはせぬので許せ。武家はとかく堅苦しい決まりばかりだ」

皺《しわ》深い細面《ほそおもて》を向けた興田の髷は雪のように白く、背はくの字に曲がっていた。しかし、声には凛《りん》とした張りが漲《みなぎ》っていて、せいぜい五十歳の半ばではないかと思われた。

――喜平《きへい》さんと同じくらいの年齢《とし》だろうに――

季蔵は馴染み客の喜平を思い出し、姿だけ見ていると七十歳近い老爺《ろうや》に見える、興田の老け込みように驚かされた。

「そなたはもうよい」

興田が人払いをした。

「殿からの書状が届いておる。なにやら、鮟鱇の白身を用いて、そなたの工夫した美味い焼き物を教えてくれるとのこと、肝無しで美味いあんこう料理が味わえるとは結構この上ない。さっそく、ここで試し、手控えなど残して行かれよ。鮟鱇はそろそろ仕舞いだが、磐城平は魚の美味いところ、江戸では味わえぬ魚を食べ尽くして帰られよ。今だと鰈《かれい》の仲間のニクモチやアカジ、ホウボウ、カスベなどが珍しかろうな」

にっこりと笑った。

――これは料理だけ作って、帰れとおっしゃっておられるのだ――

「昨夜、ご手配いただいたいそ屋にて、鯛や鱸、平目の刺身をいただきました」

「どうであったか？」

「珍しい魚が大皿で味わえるとは夢のようでございましたが、朝餉で口にした、ほおどしも忘れられぬ味で――」

一夜塩水に浸けた小いわしの頰《ほお》のところから口へ、三尺ほどのしの竹を通して干し上げるので、当地では、ほおどしという名が付いたのだと季蔵は宿の者から聞いた。

「ほおどしと言うは珍しかろうが、江戸で言う目刺しじゃ。珍しくなどなかろう」

興田は不穏そうな目色になって、

「申したいことが別にあるようだな」

知らずと両腕を組んだ。

「味は似通っていても、土地によって呼び名が違うは、相応の思い入れゆえと思うのでございます。江戸から旅してはるばるこの地へ参ったのですから、その思い入れを味わいたいものでございます。是非とも春恋魚を――。お願い申し上げます」

季蔵は頭を垂れた。

「それはままならぬだろう」

興田はさらりと言ってのけた。

「春恋魚は秋刀魚の糠漬けじゃ。当地では、秋口に秋刀魚の大群が沖合に押し寄せて、食べ飽きるほどの大漁となる。これを糠に漬けて春まで持たせようと工夫したのが、春恋魚だ。ところで、いそ屋でこの春恋魚はもてなされたか?」

「旅籠では出さぬ決まりだと言われました」

「そうであろう。春恋魚は、冬場、漁師が魚を獲れず、百姓の田畑に、稲や麦、菜が実らぬ救荒に備えてのものであるゆえ、旅人に出して、口の端《は》に上ってはならぬと固く禁じておる。江戸におられる殿のみならず、我が磐城平の恥になってはは困る」

「しかし、春恋魚と名付けられたのは、先々代のお殿様だと伺いました」

「あの頃は世の中が、貧を恥とせず、むしろ、それに耐える暮らしぶりや気概をよしとする風潮がまだ残っていたのだ」

興田はため息を洩らした。

「秋刀魚の糠漬けには、実は並々ならぬ私情もございますので、旅籠で味わえぬのなら、城下の飯屋に立ち寄るつもりでおります」

「止めはせぬが、春恋魚とて、そう長くは持たぬ。味が落ちる。梅が咲けば当地も春で、とっくに梅見は終わっている。となれば、これを品書きに出している店は少なかろう」

「何としても探し当てます」

「それもよかろうが――」

背中から立ち上がった興田は口をへの字に曲げた。

第四話　美し餅

一

この後は年増《としま》の奥女中が采配《さいはい》を振った。

「奥の昼餉《ひるげ》に間に合うよう作られよ」

季蔵《としぞう》は奥向き専用の厨《くりや》であんこうの焼き物を、焼き野菜を添えて作ることになった。

「何人分、お作りしたらよろしいのでしょうか？」

大名家の江戸屋敷には藩主の正室と嫡子が住まい、国許《くにもと》には藩主の側室と子息たちが控えている。

「お方様と松枝丸《まつがえまる》様、お二方と後はご家老様の分、三人分でよい」

「ご側室はお一人なのですね」

つい口が滑ると、

「料理人の分際で余計なことを申すな」

奥女中の眉《まゆ》が上がって、

「つまらぬ詮索《せんさく》は無用じゃ」

——これは何かありそうだ——

季蔵は直感したが、

「出過ぎた物言いでございました。どうか、お許しください」

持参した襷《たすき》をかけた。

呼び入れられた吉次《きちじ》もこれに倣《なら》って、

「あっしは大将の手伝いなんでさ」

甲斐甲斐《かいがい》しく、盥《たらい》に水を汲《く》んできて鮟鱇《あんこう》を洗い始め、

「名物にはちげえねえし、味もいいが、この顔は何ともねえ。ことに綺麗《きれい》な女子《おなご》衆には怖すぎますなあ。月とすっぽんのご面相だもの——、ねえ？」

奥女中に笑いかけた。

——また、機嫌を損ねてしまうのではないか？——

季蔵は案じたが、

「仕事に励めよ」

相手はふふっと笑ってこの場を去った。

——ふーむ、吉次さんには女子の心を掴《つか》む特技があったのか——

その手の特技を持ち合わせていない季蔵は感心した。

料理が仕上がり、奥へと運ばれて行った。作り方を記して二人が城を辞そうとすると、

「ご苦労であった。そなたたちにも昼餉を振る舞うといたしましょう」

再び奥女中が顔を見せた。

ふーっと隣りにいた吉次が荒い息をついた。

「下働きの者は皆、昼餉は小麦だんごと決まっておる」

小麦だんごがどんなものかはわからなかったが、とうに昼は過ぎていて、二人とも腹の虫が鳴き続けている。

――有り難いことには違いないが――

食して大丈夫なのだろうかという、一抹の不安は拭《ぬぐ》い切れない。季蔵は思わず握った片手の拳《こぶし》の中が汗で冷たくなった。

「いただきたいのは山々でございますが、何と申しますか、もう二度と、お目通りできないと諦《あきら》めていたあなた様のご尊顔を、また、こうして拝したとたん、胸のあたりから胃の腑のあたりが、どうにも、苦しくてならなくなっちまいました」

吉次は胸を押さえて顔をしかめた。

「ならば仕方がないが――」

奥女中は満更《まんざら》でもない笑みを浮かべて、

「そなたは食せるであろう」

季蔵を見据えた。

「わたしも何やら胸が一杯で、何も喉《のど》を通りそうにないのです」

季蔵はもう片方の手も拳に握りしめていた。

「わたしどもはあなた様の美しいお顔をいただきすぎたようでございます。どうか、ご勘弁のほどを――」

吉次は深々と頭を下げ、季蔵もそれに倣った。

こうして無事、龍ヶ城の門を出た二人だったが、まずは早足で賑《にぎ》わう城下を抜けた。いそ屋の前を通らずに遠回りをして海の見えるところへ出た。

昨日通った岩城相馬街道であった。

「ここならば、尾行《つけ》られていたとしても相手が見えます」

やっと季蔵は立ち止まった。

「いそ屋じゃ、壁に耳あり、障子に目ありだ。城下はどこもたいして変わらねえだろう。安心して話ができるのはここだけってことだな」

吉次は真剣な顔で頷《うなず》いて、二人は浜に下り、隣り合って座った。

「ご家老興田《おきた》様は、どうあっても、我らに春恋魚《はるこいうお》を食べさせないおつもりのようです」

「障子に耳をつけて聴いてたが、中川《なかがわ》様や悪家老の名は一度も出なかった。あの殿様は伝えてなかったのかな」

「それはまず、あり得ません」

季蔵は是正《これまさ》の実直に澄んだ目を思い起こした。

「この時季の春恋魚を食べさせないというのは、中川様の思い残したことを調べてほしくないという意味だと思います」

「それじゃ、あっしがこうしてついてきた甲斐がねえってもんだよ」

むくれた吉次の上唇がめくれ上がった。

「わたしも春恋魚が味わえないとあっては、何のために、ここまで旅をしてきたのかわからず無念でなりません」

「けど、こうやって、春恋魚や中川様の話ができるのも、ここだけなんだぜ。あっしたちは、飛んで火に入る夏の虫、鼠獲《ねずみと》りにかかった鼠みてえなもんさ」

吉次は声を尖《とが》らせたものの、そのとたん、腹の虫がぐうーっと大きく鳴いた。

「まだ、虫は焼け死んじゃいねえようだ。さっきの小麦だんご、食っときゃよかったかな。だが、石見《いわみ》銀山鼠捕りでも入れられてたら、ほんとに鼠の断末魔だ。江戸っ子が、いや、お助け小僧ともあろう者が、こんなところで鼠死したら洒落《しゃれ》にならないよ。噂《うわさ》にゃ、聞いてたが大名の国許ってえのは、酷いところだな、ったく――」

「鼠死しないために、取りあえずは腹を満たしましょう」

「ここで待ってても魚一匹獲れねえよ。魚は沖合にいるもんだ」

「あちらへ行ってみましょう」

季蔵は新緑に彩られ始めた小高い丘を指差した。

「あそこなら、多少、摘み菜ができるかもしれません」

「菜っぱで腹をくちくできるのかい?」

「あの黄色い花は菜の花でしょうから、薹《とう》の立った葉にならありつくことができそうです」

「苦いだろうね」

「でも、毒ではありませんから」

「そいつは肝心だ」

二人は浜からあがると、人気《ひとけ》のない道を選んで丘へと辿《たど》り着いた。

踏み分け道にふと目を落とした季蔵は、

「これはよかった、幸運です」

屈《かが》み込むと、ぎざぎざした菊の葉を想《おも》わせる野草をむしって口にした。

「これはよもぎですから、食べられます。新芽なので柔らかです」

「沢山芽吹いてるぜ」

「食べましょう」

しばらくの間、二人はよもぎを摘んでは食べ続けた。取りあえず、空腹を凌《しの》いだところで、近くの木の下に腰を下ろした。

「よもぎってえのは、ばあやの煎《せん》じ薬だとばっかし思ってたが、まさか、こうして、食うようになるとは思わなかったよ。この先、ずっと、ここへ来て、よもぎを食い続けるつもりかい？　虫だって、ここまで匂《にお》いのきつい草は食べねえんじゃないのかな。それに、さっきの小麦だんごとやら、ほんとに毒入りだったんだろうか？」

情けなさそうに洩《も》らした吉次に、

「小麦だんごは毒入りではなかったかもしれません。しかし、いそ屋が龍ヶ城やご家老と通じているのは明白です。我らが大人しく帰らないと知ったら、どんな手だてをこうじてくるかわかりません。旅籠《はたご》が旅人を殺すには、毒入りの膳が最も簡単です。江戸なら重いお咎《とが》めでしょうが、ここでのお裁きは、おそらく、ご家老のご意向で何とでもなり、たまたま、何かの毒に当たったのだということに落ち着くでしょうからね。と言って、ずっと、ここへ通い続けるわけにも行きませんから、朝餉はいそ屋で、後の二回は外へ出ることにして、毎回、食後、必ず、忘れずよもぎの世話になりましょう。乾かしておいたものでも効き目は同じです」

立ち上がった季蔵は、せっせとよもぎを摘み始めた。

「とりあえず、空《す》きっ腹に詰め込んだだけじゃなく、そいつをいざという時の毒消しに使うつもりかい？」

吉次は立ち上がろうとしない。

「腹痛や腹下しには効くかもしんねえが、命に関わる毒を綺麗に消しちゃぁ、くれねえだろうよ」

「その通りですが、残念ながら、今、考えつく身の守り方はこれしかないのです」

「そうだろうけど」

苦い顔の吉次は、離れた場所のよもぎを採ろうと腰を屈めかけて、

「あれっ」

思わず身を翻《ひるがえ》した。

吉次の声に咄嗟《とっさ》に立ち上がった季蔵の目に、まず、赤い襷が映った。年齢《とし》の頃は十七、八歳、小柄で目鼻立ちのはっきりした、やや色の浅黒い娘が、松林を背にして立っていた。

――松林を通って来たこの娘もよもぎを摘みに来たようだ――

「あ、あの、あたし」

娘はしどろもどろで真っ赤になった。

「お先に失礼しています」

季蔵は頭を下げたものの、何とも気まずい。

――吉次さんは女子が得意だろうから、何とか、この場を取り繕《つくろ》ってくれるだろう――

ところが吉次の表情は固く、突っ立ったままでいる。

「旅の者です。どこか、飯を出してくれるところを知りませんか？　できれば秋刀魚《さんま》の糠《ぬか》漬《づ》けを菜にしたいのですが――」

思わず季蔵はずっと願っていることを口にしてしまった。

「それなら――」

娘は黒目がちの大きな目をきらきらと輝かせた。

――誰かと思ったら、おき玖《く》お嬢さんに似ている――

季蔵はふと、おき玖がなつかしくなった。

「それなら、是非うちへいらしてください。あたし、えいっていうんです。店の名はいわき屋」

おえいは幾分、羞《は》じらいを含んだ微笑《ほほえ》みを浮かべた。

二

――いわき屋？――

思わず季蔵と吉次は顔を見合わせた。

――しかし、是正様が話された、中川様が心を残していたいわき屋とは限らない――

おえいに案内されて二人は城下へと戻った。

「あたしから離れて歩いてくださいね」

おえいが囁《ささや》いた。

「春恋魚が食べたいのなら、そうしてくれないと困ります」

ずんずんと先へ行くおえいの後を二人はゆっくりと追った。

大店《おおだな》が立ち並ぶ表通りを遠回りして避け、裏通りへ出た。

おえいは間口一間《けん》（約一・八メートル）ほどのさびれた店の前で足を止めた。

するると突然、

「おえいさん」

立ち並ぶ長屋の角に隠れていた男が姿を見せた。

まだ二十歳《はたち》前の若者ではあったが、女形《おやま》を想《おも》わせる華奢《きゃしゃ》な身体つきで、小袖《こそで》と揃《そろ》いの羽織は赤の入った大島紬《つむぎ》という洒落者である。

年齢不相応につぶらすぎる目は、無邪気そのもので育ちの良さが感じられる。

「糯米《もちごめ》のいいのが手に入ったから、届けに来たんだ」

若者は白い歯並みを見せてにっこりと笑った。よいしょっと声を掛けて、足下に置いていた糯米の俵を担ごうとするが、持ち上げることもできず、荒縄を摑んだまま、うーん、うーんと唸《うな》り続ける。

「若旦那、ありがとうございます」

おえいは固い表情で礼を言った。

「でも、もう、どうか、この店やあたしのことはお気になさらないでください」

「餅《もち》菓子は米次第って言ってたじゃないか。中でも糯米はなかなかいいのがなくて、あっても手が出ないって――だから、こうして、探させたんだよ。これを粉にして糯米粉を作るといい」

「恐れ入ります」

「喜んでくれる？」

「もちろんですが、この間は粳米《うるち》をいただきました。おかげで、よい粳粉ができて、美味《おい》しい白だんごになりました。けれど、このように、たびたびいただいては申し訳なくて」

「そんなことはないよ。あたしはおえいさんが好きでならないんだから。おとっつぁん、おっかさんも乗り気なんだ。うちの両親《ふたおや》は餅菓子好きだからね、そのうち、おえいさんの餅菓子を食べれば、きっと大喜びするさ」

――まさに、若旦那の無邪気さは大海原のようだ――

季蔵が半ば呆《あき》れ、好ましく思っていると、

「まあ、せっかくだからいただくとしやしょう」

吉次はひょいと米俵を担いだ。

「若旦那、そろそろ」

若旦那が出てきた長屋の角から、手代と思われる、〝えびす屋〟と屋号を染め抜いたお仕着せ姿の奉公人が顔を出した。

――やれやれ、若旦那の届け物は奉公人の手を借りたのか――

自分で担いでくる米俵でなければ、まず、気持ちは相手に伝わるまいと季蔵は思った。

一方、えびす屋の若旦那はしごく気楽に、

「おえいさんに会えてよかった。うれしかったよ。糯米、また、届けるからね」

「若旦那のお気持ちが込められたこうした品々、どうか、しっかりとお心にお止めくださいますように」

手代は言葉こそ丁寧だったが、大仰《おおぎょう》に顎《あご》を引くと、若旦那を促して帰って行った。

おえいは米俵を担いでいる吉次のために油障子を開けた。

「狭いところですけど、どうぞ、お上がりください」

吉次が米俵を下ろすと、突然、みゃーっという猫の鳴き声がして、

「わーっ」

吉次が片手を顔にかざした。

三毛猫に飛び掛かられたのである。

「豆吉《まめきち》、お止《や》め」

おえいに窘《たしな》められると、豆吉はみゃあみゃあと甘えるように鳴いて、飛び乗った吉次の肩から下りた。

「驚かせてすみません」

おえいが詫《わ》びると、吉次は無言で肩に付いた猫の毛を摘《つま》んだ。

――吉次さんは猫が苦手のようだ――

中は江戸の季蔵の長屋の部屋を二戸合わせたほどの広さで、飯屋でもないのに大きな竈《かまど》が見えた。

土間の隅には天秤《てんびん》棒が立てかけられている。

「ここ、前は餅屋だったんですよ。磐城平は、寒い夏さえ来なければ、飛びっきりの米所なんです。だから、始終、餅が食べられるんですよ。今はここで、あたしが頼まれて搗《つ》く餅のほかに、毎日、餅菓子を作ってます」

「さっきの若旦那はえびす屋の跡継ぎだろう？」

「ええ、何かと親切にはしてくださるんですけど」

おえいは眉を寄せた。

「あんた、糯米の礼は言ってたが、婚礼話には乗り気じゃねえようだった。えびす屋というのは、藩内きっての大商人なんだろ。悪いがこんな暮らしをしてるあんたにとっちゃ、えびす屋の嫁になるってえのは、てえした玉の輿《こし》のはずだ。何か、理由《わけ》でもあるのかい？」

壁に目を向けていた季蔵は、〝海産問屋いわき屋　創業寛保三年　癸亥《みずのとい》弥生吉日〟と書かれた、大きな古びた看板に目が吸い寄せられた。

「ここは、もしや、海産物問屋のいわき屋さんと縁のある店ではないかと――」

季蔵は訊《き》かずにはいられなかった。

「いわき屋はここ一軒です。えびす屋さんのご夫婦は、お人好《ひとよ》しで子どものような若旦那をけしかけて、あたしと添わせ、えびす屋をいわき屋に改めて、あの看板を掲げようとしているんです。磐城平藩はお殿様が内藤様、井上様、安藤様と変わりましたが代々、特別の扱いを受けてきた商人がいて、元は由緒ある内藤様の家臣なんです。いわき屋もそんな商家の一つなので、氏素性《うじすじよう》の知れないえびす屋では、あたしを嫁にして、元岩城の誉《ほま》れを得ようとしてるのです」

おえいの目は壁の看板を見据えたままである。

「ここがあのいわき屋？」

仰天した吉次は思わず声に出して、季蔵と顔を見合わせた。

「それではここは、江戸詰勘定方の中川新之介《しんのすけ》様が気に掛けていた、十年前の事件と関わりのある、海産物問屋のいわき屋さんなのですね」

季蔵は念を押した。

「先の主《あるじ》のいわき屋幾太郎《いくたろう》は、十年前の春恋魚が食べおさめになる、ちょうど今時分、寄り合いで出かけたきり戻らず、翌日、浜辺で変わり果てた姿で見つかりました。あたしはその幾太郎の妹です」

「実はわたしたちは――」

季蔵は自分たちがこの地を訪れるに至った理由を、中川の死は伏せて話した。

「奉行所勤めでもない中川様が、なにゆえ、お兄さんのことを長く気にかけられていたのでしょうか？」

「浜辺を通りかかって、兄の骸《むくろ》を見つけてくださったのがあの方だったからです。兄があんなことになってから、鑑札を取り上げられるなど、いわき屋は没落の一途を辿りました」

おえいは唇を嚙《か》みしめた。

「兄亡き後のいわき屋は悲惨でした。一月《ひとつき》と経《た》たないうちに、この悲運に耐えきれなくなった八つ違いの姉が首を括りました。姉はこの世の者とは思えないと言われたほど綺麗な女《ひと》でしたが、生まれつき、心に傷を負いやすい性質《たち》だったのです。それから、顔を覚えていられないほどの数居た奉公人たちが、一人、二人と去って行って、気がついてみるとあたし一人でした。寂しいと感じる余裕はありませんでした。明日から、どうやって、食べて行ったらいいのか――ただ、それだけでした。目抜き通りにでんと構えていたいわき屋から、看板が外されると、あたしの居場所はどこにも、もうなかったんです」

「幾つでした？」

「まだ、十歳にもなってはいませんでしたので、一人では置いておけないと、中川様はおっしゃって、しばらく、中川家に行儀見習いという名目で引き取られました。何よりの宝物だろうからと、誉れの看板も中川様の家の蔵にお預かりいただけました。その頃は中川様のお父様もご健在で、お母様ともども、とてもお優しく、実の娘のように何くれとお世話をいただきました。このまま、養女になって、どこぞへ縁づいてはどうかとおっしゃってもくださいましたが、あたしはいわき屋の看板を、蔵にしまったままではなく、もう一度掲げたいと思っていました。父や母、兄や姉がいる楽しかった時のことを、毎夜のように夢に見ていたからです。これはきっと、いわき屋の暖簾《のれん》を守るようにということなのだと思い定めたのです」

「それで今の商いを始めたのですね」

「ご覧の通りの商いです。奉公人思いの母は、正月や盆、節句や花見、月見と行事を見つけては、美味しい餅菓子を拵《こしら》えていました。餅菓子に目がなかったあたしは、手伝いもよくやりました。母の味なら、間違いなく、商いにできると確信したんです。以来、餅菓子を拵えて売りに出て、日々の糧としていますが、女一人、何とか生きて行くことはできるのです」

おえいは心持ち胸を反らせた。

三

「その時の年齢は？」

「十四歳でした。中川様が奥様を娶《めと》られたのをしおに、中川の家を出たのです」

僅《わず》かではあったが、おえいの顔が寂しげに翳《かげ》った。

「あんた、きっと中川様に惚《ほ》れてたんだね。それもあって、中川様とこの家を出たんだろう？」

吉次が突然、口を挟んだ。

「そんなこと――」

一瞬、顔を伏せたおえいだったが、

「上のお嬢様の三つのお祝いの時には、うちで搗いた紅白を使っていただきました。今では奥様やお子様方ともお親しくさせて頂いています。お父様の月命日に餅菓子をお持ちすると、お母様やお子様がたいそう、喜ばれるので、あたしも作り甲斐があるのです」

勝ち気な目で吉次を見据えた。

「そうかい、それならいい」

頷いた吉次は季蔵と目を合わせて、

──どうするんだい？──

中川新之介の身に起きた悲劇をどう、伝えたものかと季蔵は迷った。

──おえいさんとて、お姉さんほどではないにしろ、傷つきやすい女子のはず──

「ところで、中川様はおかわりないんでしょうね？」

おえいの念押しに、季蔵は眉を寄せて返答に窮し、咄嗟に吉次はこほんと咳《せき》をした。

「あたしの存じております中川様は、ゆめゆめ迂闊《うかつ》な振る舞いをなさる方ではありません。御《ご》法度《はっと》の春恋魚の呼び名を、見ず知らずの方に洩らすとは思えません。ですから、あなた方がこうしてあたしの目の前に居るのは、あの方によほどの大事があった証《あかし》です」

おえいはやや目を吊り上げて季蔵に迫った。

「そこまで見通されてちゃ、仕様がねえな」

話は吉次が引き受けた。

「あっしたちは、さっき、ここのご家老にお目通りしてきたんだよ。けど、あんな調子じゃ、江戸屋敷で起きた酷い話も、ここにはまともに伝わりゃしねえと思うんで、この際、真っ正直に包み隠さずあんたに話すぜ」

聞き終えたおえいは意外な平静さで、

「そろそろ月命日だと思っていた矢先でしたが、このところ、中川様へはご無沙汰《ぶさた》しておりました。でも、よかったわ、今日は糯米を水に浸けておいて」

と呟《つぶや》くと、顔色一つ変えずに竈に屈み込んで火を入れた。

餅皮に餡《あん》を包み込んだものが餅菓子である。大きく分けて、餅菓子の皮は、蒸《ふ》かした糯米を搗いた餅、または、粳粉、餅粉を水でしとらせて蒸かすかのどちらかなのだった。

「中川様のお家まで茶ぶかしをお届けしなければ」

「茶ぶかしって何だい？」

吉次の問いに、

「お悔やみに欠かせないものです」

ぽつりと答えたおえいは、笊《ざる》に上げた糯米を蒸籠《せいろう》で蒸し、湯気が出はじめたところで、塩と醤油《しょうゆ》で味を調えると、適量の煎茶《せんちゃ》の茶湯を二度に分けて加え、蓋《ふた》をして蒸し上げに取りかかった。

おえいは竈の前に立ち続けている。その後ろ姿が小刻みに揺れていて、泣いているのがわかった。そのうちに、揺れが激しくなってくずおれかけ、

「大丈夫かい」

吉次に支えられた。

「早く茶ぶかしを冷まさないと」

「手伝うことはないかい？」

「棚の上の平らな桶《おけ》を取って下さい」

おえいに頼まれた吉次は、

「これだな」

吉次は両手を棚に伸ばした。

「こうすりゃ、早く、冷めるだろ」

厨の隅にあった団扇《うちわ》を手にすると、忙しく左右に動かし続ける。

その間におえいは重箱を用意した。

茶ぶかしが冷めたところでこれに移し、風呂敷で包んで手に提げたおえいは、

「これから中川様へ参ります。江戸から訃報が届き、中川様ではすでに新之介様の喪に服しておられることでしょう。できれば、ご家族の皆様に、ことの顚末《てんまつ》を間違いなく、お伝えしていただけませんか」

二人を促した。

四

みゃーあ
豆吉がおえいを見上げた。

「おまえはついてこないでいいからね」

豆吉に目を遣ったおえいは、

「あたしが茶ぶかしを作って、涙を見せたもんだから、豆吉は案じてくれてるんです。生まれてすぐ捨てられた豆吉は、この通り、豆餅みたいに、ぽつぽつと丸く柄のあるおかし

な三毛で、それで、豆吉と名づけたんですけど、身寄りのないあたしには大事な家族なんですよ。中川様も豆吉を可愛《かわい》がってくださいました」

感慨深く呟いた。

「ちゃんと留守を守るのよ」

だが、豆吉は諦めず、あろうことか、また、吉次の肩に飛びついて乗った。

「あっ――」

やはり、驚きの声を上げた吉次だったが、

「まあ――」

呆れつつも、愛《いと》おしげに豆吉を見ているおえいと目が合うと、

「よしよし」

おっかなびっくりではあったが、豆吉を腕に抱いた。

「それほど一緒に行きたいんなら、仕様がねえな」

三人と一匹は武家ばかりが住む白銀《しろかね》町を目指した。

みゃーお
白銀町に入り、中川家が近づくと豆吉がうれしそうに鳴いた。

「漂ってくる新芽の青い匂いに、芳《かぐわ》しい甘さが混じってるわ。豆吉が大好きな水菓子《みずがし》の花がそろそろ咲くんだろうと思います。春になって、突然、咲き出す水菓子の花の香りほど、心を弾ませてくれるものはありません。中川様のところでは、お母様が家の周りに、近所

の子どもたちがおやつにするようにって、ハタンキョウ（スモモ）や、桑ご（桑の実）、アオスグリやフサスグリなどを植えられています。秋には赤や黄色、紫の美味しそうな実が熟すんですよ」

豆吉や果実の話を始めたおえいは、一瞬、のどかな表情になったが、

「我先にと子どもたちがその実を目当てにやってきます。そんな時、さんざん手づかみで食べて、口元に実の汁をつけている子どもたちに、お母様は重ねておいた裏庭のふきの葉を渡し、〝幾ら食べてもかまわないけれど、人たるもの、食べる形は魂の有り様ゆえ、決して、見苦しくないように〟っておっしゃってました。フキの葉を皿代わりにしたり、口を拭ったりするように教えるのです。豆吉は猫なので、実だけではなく、香りのいい花も食べてしまうのですが、そんな豆吉にも、お母様はフキの葉の上に、ハタンキョウや桑ごの花を置いて食べさせるのです。心根が優しいだけではなく、武家の女子ならではの矜持《きょうじ》をお持ちです。ですから、きっと、このたびのお悲しみにも気丈に振る舞われておいでのはずです」

すぐに中川新之介の家族の胸中を察して目を瞬《まばた》かせた。

――たしかにいい香りだ――梅よりももっと強い野生の香り。綻《ほころ》びかけている水菓子の花が、寒風に逆らって春を迎え入れようとしているかのようだ――

「断りはどこにもねえな」

吉次はあたりに目を凝らした。

「中川様の訃報はとっくに届いてるはずだろうから、忌中の二文字があってもいいんじゃねえかな」

「いわき屋でございます」

おえいが声を掛けた。

「大奥様桐野《きりの》様、わたくしでございます」

それでも返答は無い。

「お母様、えいです」

「奥様、波江《なみえ》様、おられますか？」

中川の妻の名を呼んだ。

「次にはお二人とも、きっと、ひどく気落ちしておられるのでしょう。寝食を忘れているのかもしれません」

おえいは踏み石を踏んで玄関へと急いだ。季蔵と吉次、豆吉も続く。

「大奥様、奥様」

家の中は線香の香りが満ちている。

「ご供養されておられるのだわ」

おえいはほっと息をついて、仏間へと廊下を歩いて行く。

この時、吉次に抱かれていた豆吉が飛び降りて走った。

みゃーお

振り返ったその顔はこちらだといわんばかりである。

季蔵と吉次は豆吉の後を追った。

豆吉はその部屋の前でぴたりと歩を止めて座った。

季蔵が障子を引いた。

「これは――」

畳の上に白装束の老女がうつぶせに倒れていた。懐剣を手にしていて息絶えていた。一面は血の海である。

五

「たぶん、中川様のおっかさんだろう」

吉次がぽつりと洩らした。

膝《ひざ》は細紐《ひも》で寸分も開かぬように縛られ、白髪の髷《まげ》が一糸の乱れなく結い上げられている。

「あんたの話じゃ、殿様は中川様は泥棒なんかじゃなかった。それどころか、江戸家老の悪事に気づいてた、たいした忠義者だった。遺《のこ》された者は、後々、褒められることはあっても貶《けな》されることはねえんだってえ一筆を、ここへ届けてたんじゃなかったのかい？」

吉次の口調は季蔵を咎めている。

――何ということだ――

茫然《ぼうぜん》自失の季蔵は経机《きょうづくえ》の上の書状を見た。

「あれに自害された理由が書かれているはずです」

「ならば、どうしても、そいつを知らにゃあなんねえな」

「しかし、城代家老様宛《あて》です」

「それがどうしたっていうんだよ」

「桐野様は武家の女子ですから」

季蔵はしばし、自分が町人であることを忘れた。知らずと主家に仕えていた頃の心情に戻っていた。

――我が母が桐野様であったとしたら、辞世の文をみだりに他人に読まれたくなどないだろう――

「あっしは読ませてもらう。中川様だって、寿命でもないおっかさんに追いかけられてきて、うれしいわけはねえんだから」

吉次は書状に手を伸ばすと中を開いた。

読み終わった吉次は眉を吊り上げたまま、季蔵に書状を渡した。

「思った通りだよ。中川様の身の潔白はここには伝わっちゃいねえ。おっかさんは倅《せがれ》の罪が家族に及んで、お家が絶やされちゃいけねえってえんで、一身に罪を背負い、中川家の行く末を、よくよくここのご家老に頼んで自害したんだよ。たまんねえ話だ」

目を赤くした吉次は洟《はな》を啜《すす》った。

季蔵が書状に落としていた目を上げるのを待って、

「あっしはあんたが悪家老をやっつけるとこを見た。だから、あんたのことは寸分も疑っちゃいねえ。だが、お殿様の言ったことはどうも信用がなんねえな。そもそも、侍ってえのは刀を差して威張ってるだけで、町人にはよくわかんねえ、小難しい筋を通して生きてる。中川様のことも、泥棒のまんまにしといて、おっかさんをこんな目に遭わせとく方が、都合がよかったんじゃねえのかい？　お殿様は中川様が忠臣だってえ文なんぞ、最初《はな》っから届ける気がなかったのさ」

是正をさんざんに詰《なじ》った。

季蔵は是正が中川新之介について語った時の眼差《まなざ》しを思い出した。

——あの目は心から中川様を思いやっておられた。だが、吉次さんは是正様と話をしたことがない——

そこで季蔵は、

「中川様は良き忠臣であったはずです」

話の矛先を変えた。

「そりゃあ、もう、間違いねえよ。侍なのに少しも偉ぶったところのねえ、いい男《ひと》だったもの。だがね、馬鹿みたいなお人好しとは違う。その目は節穴じゃなかった。きっちり、人を見る目があったね」

だから、自分を友に選んだのだといわんばかりに、吉次はぷっと小鼻を膨らませた。

「そのようなお方が忠義を尽くされている是正様が、あなたの言うような暗君であるわけがありません」

　言い切った季蔵に、

「それじゃ、この家に御沙汰がなかったのは、ここの連中のせいだってえのかい？　だとすると、間違いなく、城代家老が絡んでる。何せ、いそ屋にあっしたちを引き込んで見張らせ、あんたに料理だけ教えて、早く帰れって言ったんだから」

「料理のことが伝わっていて、中川様の潔白が報されていないわけはないのです。是正様は間違いなく文を出されているはず。ご家老の興田様があえて、その話をされなかったのが何よりの証です」

「ってえことは、江戸家老の悪事に城代家老も一枚、噛んでたってえことなのかい？」

「起きていることだけをつなぎ合わせるとそうなりますね」

「何が何でも、中川様を悪者にしちまうってことなら、中川様のお家はおっかさん一人が死んでも、助からねえんじゃないのかい？」

　吉次の声がくぐもった。

　──たしかに、このままでは、中川様の母御の意に反して、厳しく連座させられることもあるだろう──

　その時、みゃーっと豆吉が一鳴きした。

　二人が振り返ると、障子を開け放したままの廊下においえいが立っていた。幽鬼のように青ざめている。

「とんだことになっちまった」

吉次が呟くとそれには応《こた》えず、

「仏間で波江様が亡くなっておられます」

それだけ洩らすと、おえいは廊下にくずおれた。

二人が仏間へ急ごうとすると、
みゃあ、みゃあ、みゃあーっ
豆吉は喧嘩《けんか》を仕掛けるような凄味《すごみ》のある鳴き方をした。おえいを一人にするなと憤慨している鳴き声にも聞こえて、

「おえいさんを頼みます」

吉次に介抱を頼んで、季蔵一人が仏間へと向かった。

仏間には線香の煙が満ちている。清められた仏壇に沈丁花が活《い》けられている。線香に負けない芳香であった。

平愛新心居士《こじ》。

中川新之介の位牌《いはい》である。白木の文字が黒々と真新しかった。

季蔵は仏壇を前に倒れて死んでいる、中川の妻波江の様子をしばし改めた。骸はうつぶせに倒れていて、畳に血は流れていなかった。そばには懐剣を入れる錦《にしき》の袋があった。

「季蔵さん」

ほどなく、吉次がおえいを支えながら仏間に入ってきた。

「その奥方さんもおっかさんと同じかい？」

「いや」

季蔵は波江の胸元から、鞘《さや》に収まったままの懐剣を抜き取った。

「このように懐剣は抜かれていません。先ほどの母上様のようなご自害ではないようです」

「でも、自害は自害なんだろ？」

「お母様が書かれたような書状はありませんでした」

季蔵は畳に落ちていた赤い紙包みを拾って開いた。

「これでしょう」

赤い紙の上には、純白の粉が積もっている。

「言わずと知れた石見銀山鼠捕りだ。そいつで自害か——。おっかさんに倣って、自分も死んで詫びをして、中川の家を守ろうとしたんだな」

「髪に砂が付いていています」

季蔵は死者の丸髷を指差して、

「波江様は海辺へ行かれた後、家へ戻られてお母様の自害を知り、後を追ったことになります」

「琴乃《ことの》様、信太郎《しんたろう》様」

おえいが大声で叫んだ。

繰り返したが応えは空《むな》しかった。

「お子様方はいったい、どうされているんでしょう？　お父様だけではなく、お祖母《ばあ》様もお母様も亡くなられてしまったというのに――」

おえいが言葉を詰まらせていると、

「これに心当たりはありませんか？」

季蔵はすでに改めた波江の信玄袋の中から、二種の煎じ薬の包みを取り出して開いた。熊《くま》の胆《い》、葛根湯《かっこんとう》と記されている。

「波江様のお実家《さと》のお父様は、昨年からこの方、食が落ちてみるみる弱られ、頼りは万能薬の熊の胆だけだと、伺ったことがあります。葛根湯の方は珍しくない万能薬で、中川家では大奥様が薬箱に欠かさずに入れておられました。わかりました。大奥様はお一人で、お家を守るおつもりだったのだと思います。それゆえ、江戸の中川様の身に起きたことを嫁の波江様にも話さず、お子様方を連れて実家のお祖父《じい》様の見舞に行かせたのです」

「奥方さんは実家へ子どもらを預けた後、頼まれて熊の胆を買いに出て、嫁入り先のおっかさんのことが気がかりになったんだね。きっと、葛根湯の残りが少なかったんだろう。それで、不自由をかけちゃいけねえってえんで、ここへ戻ったんだ。そん時、はじめて、こりゃあ、てえへんなことだってわかって、こうするしかなかったんだろうよ」

吉次はしんみりと呟き、

「琴乃様、信太郎様」

「そうだとするとお子様方は波江様のお実家にいるはずです。そちらへ行って、お子様たちの無事を見届け、このことを報せなければなりません」

季蔵はおえいに同意をもとめた。

「奥様のお実家の皆様とは、お目にかかったことがございませんし、お子様方に、このような無残な経緯《いきさつ》をどのように話したものか、あたし、自信がありません」

おえいは目を伏せた。

「あんた一人では行かせない。あっしたちも一緒に行くよ、だから安心しな」

吉次がぽんと胸を叩くと、ひょいとまた豆吉がその肩に飛び乗った。

六

波江の実家である馬廻《うままわり》方を務める中村《なかむら》家は梅香《うめが》町にあった。その名の通り、花の時季には、庭の梅が見事に咲き誇る。その風情は武家の凛《りん》とした佇《たたず》まいそのものであった。

「何用でございましょう」

家士から三人の来訪を告げられ出てきた大柄な兄嫁は、緊張した面持ちで三人と一匹を見つめた。

「中川家の一大事でございます。是非とも、波江様のお父上様にお目通りいたしたいのです」

おえいが言うと、兄嫁の顔はさらに強《こわ》ばったものの、少しも驚いてはいなかった。

「それではこちらにてお待ちください」

兄嫁は、ほかにも何か言いたそうに豆吉を見たので、あわてておえいが豆吉を抱いた。

三人は客間に通された。

ほどなく、障子を開けたのはがっしりした身体つきのいかつい顔の兄であった。

「話は当家の主であるわしが聞く。それと父上は隠居である上に、加減が悪い。身体に障《さわ》る話は聞かせたくない」

そこで吉次と季蔵は交互に話を進めた。中川新之介と母桐野、妻波江の身に起きたことを聞き終えると、

「そうか、とうとう、妹も死出の旅に出たというのだな」

やはり、驚いていない兄は、そう洩らすと、

「わかった。ご苦労であった」

席を立った。

「お待ちください」

おえいはその背に追いすがらずにはいられなかった。

「お子様方は？　琴乃様、信太郎様はどうされておられます？」

振り返った兄は、

「当家の三人の子と遊びに興じている。まだ、何も伝えていない。いずれ、伝えることになろうが、たとえ中川の家が禄《ろく》を召し上げられても、うちで大切に慈《いつく》しみ育てるつもりで

おる」

「本当に中川様が盗っ人だったたって、信じていなさるんですかい？」

たまりかねて吉次が声を荒らげた。

「波江が帰ってくる前日、興田様からじきじきの文をいただいた。中身については、まだ、波江に話していなかった。中川殿や江戸を騒がすお助け小僧の悪事が堪《こた》えて、江戸家老の村上《むらかみ》様が心を病まれ、刀を振りまわすに至ったのを、殿がやむなく成敗されたとのことであった。殿は忠臣の村上様をお手に掛けて失われ、たいそうご傷心であるという」

「それじゃ、あっしたちが今話したのとは似ても似つかないやね」

吉次はじろりと兄を睨《にら》んだ。

「国許の家臣たるもの、城代家老様の仰《おお》せを信じるのが筋である」

そう断じると波江の兄は部屋を出て行った。

おえいが重箱の茶ぶかしを兄嫁に渡し、豆吉が吉次に飛び乗って、三人は中村家を後にした。

「とりつくしまがないっていうのはこのことさね。ますます侍が嫌いになってきたよ」

憤懣《ふんまん》やる方なく、吉次は、ため息をついた。

「波江様に親しいお友達はいなかったでしょうか？」

季蔵が訊ねると、

「それなら、お針のお稽古《けいこ》で一緒のお夏《なつ》さんだわ。二人はとっても仲良しで、波江様と話してると、何度もお夏さんの名が出るんですよ。あたしも何度か会ったことがあって、気性のさっぱりした、とにかく、ここのいい方です」

おえいは人差し指でとんとんと自分の頭を弾《はじ》いた。

「どこにお住まいでしょう？」

「お夏さんは町人だから、うちからの方が近い久保町。一軒家に住めるほどの腕前だから、教えてほしいっていうお弟子さんも沢山集まってて、独り者だけど少しも寂しくないっていうのがお夏さんの口癖です」

「そのお夏さんのところへご案内ください」

こうして季蔵たちは裁縫で身を立てているお夏のところへと向かった。

庭先にいたお夏は、裁縫の稽古を終えた弟子たちを見送りに出ていたところであった。萌黄《もえぎ》の地に太めの黒い縦縞《じま》の着物を着付けているが、衣紋《えもん》を抜いている粋《いき》な様子が、何とも江戸風で垢抜《あかぬ》けて見える。すらりと背が高く、着映えのする姿の良さは、昔、売れっ子芸者だったという烏谷《からすだに》の想い女《びと》お涼《りょう》を思わせた。

――しっかり者だな。武家の縛りのないこの人なら、波江様について話してくれそうな気がする――

季蔵は期待を抱いた。

「あら、おえいさん」

「ご無沙汰してます」

「どうしたの。今日は馬鹿に思い詰めた顔してるわよ」

「だって、お夏さん」

おえいの心が折れた。

「中川様だけではなく、波江様が、大奥様も――」

泣き声があがり、我慢していた涙が堰《せき》を切ったように流れ落ちた。

「あたし、もう独りぼっち。この先、どうしたらいいのか、悲しくて心細くて――」

お夏は当初、無言でおえいに寄り添うと抱きしめ、その背中を撫《な》で続けた。

その間、中川家に起きた惨事について、季蔵と吉次がまた、交互に話して聞かせた。

お夏は浅く相づちを打ち続け、おえいの泣き声が止まり、涙が涸《か》れたところで、

「波江様は無二の親友だったのよ。だから、あたしだってもう独りぼっち。悲しくて心細いのはおえいちゃんと一緒よ。でもね、今大事なのは口惜《くや》しがることだと思う」

形のいい唇を血の出るほど噛んだ。

「そうだよ、そうこなくっちゃ」

吉次は大きく頷いた。

「でも、口惜しがったって、もう、みんな戻っちゃこないわ――」

おえいの涸れたはずの目が潤んだ。

「いい加減にしろ」

吉次が怒鳴った。

「おえいさん、あんたは自分のことしか考えてねえんだよ。あんたが頼りにしてた中川の家の人たちが、こんな酷い目に遭わなきゃならなくなったのは、みーんな、江戸の中川様が盗っ人扱いされたからなんだよ。ここじゃ、殿様より城代家老が偉《えれ》えようで、何でも、かんでも勝手にできるようだが、どうして、そんな馬鹿げた嘘を吐《つ》き通さなきゃならねえのか、とことん突き止めてやらねえと、冥途《めいど》の中川様は浮かばれねえ。成仏できっこねえのさ。あの世で中川様に理由《わけ》を聞けば、おっかさんや奥方さんだって、同じ思いになるに決まってる。ここは一つ、お夏さんに倣って口惜しがるんだよ」

吉次はお夏に負けじとばかりに、真一文字に唇を結んだ。

両目を袂《たもと》で拭ったおえいはお夏から離れて座り直すと、

「波江様について、気がかりなことがあったらどうか、思い出して話してください」

お夏に頭《こうべ》を垂れた。

「波江様は好き嫌いのあるあたしと違って、娘の頃から、誰にでも分け隔てなくされる、明るい人柄の方でした。よく笑い、よく話していました。そんな波江様でも、えびす屋の若旦那は苦手のようでしたね」

「あの虫の好かねえ野郎は人妻にも言い寄ってたのかい？」

すぐに吉次が目を怒らせると、

「あわてないでくださいよ。おえいさんと中川の家は親戚みたいなつきあいをしてる上に、波江様は実の妹みたいにおえいさんを可愛がってるって、若旦那は知ってるんですよ。その上で、おえいさんと夫婦《めおと》になりたい一心で、波江様に取り入ろうとしてたんです。若旦那は自分のことを好《よ》い男《ひと》と言ってくれと、そればかり、波江様に頼みに来るって言ってました。若旦那に悪気はなく、涙ぐましいほど、おえいさんを想っているのはわかるものの、贅沢《ぜいたく》な着物や漆器《しっき》が届くのが困りもので、返しても返しても懲りずに届くんだそうです。それでとうとう、楽しみな月ごとの句会にも行かなくなったんだとか――」

「まあ、波江様にまで――」

おえいは唖然《あぜん》とした。

「月ごとの句会とは？」

季蔵は気になった。

「城代家老興田様がなさっている俳諧《はいかい》の会で、いわき会と名づけられています。これには身分の別なく、誰でも加わることができるので、歌心のある者はこぞって、海辺の茶屋海山寮《かいさんりょう》へ伺うのです。海を見下ろし、山が見上げられる、たいそう風光明媚《めいび》なところですよ。海山寮は歌好きだった先代の是道《これみち》様が、お建てになったものでしたが、今は買い受けたえびす屋の物です」

「えびす屋のもんなら、大いばりであの馬鹿旦那も出てくる。わかるね、奥方さんが行くのを止めた気持ち」

吉次は大きく頷いた。

「ところで、波江様から若旦那との縁談の話を聞いたことがありますか？」

季蔵の言葉に、

「いいえ、一度も。若旦那があたしのことで、波江様につきまとって、迷惑をかけていたことも今知りました」

「どうして、話し好きだったという波江様が、妹のようだったおえいさんに何も告げなかったのでしょうか？」

季蔵はお夏の顔を見つめた。

七

「波江様は美《うつく》し餅という言葉を気にかけておられました」

「あら、美し餅なら、死んだおっかさんが得意なかしわ餅のことですよ。夜なべして拵えて、奉公人たちや知り合いに配ってました。おっかさんのかしわ餅を楽しみにしてくれている、御隠居さんたちもいました。粳米だけじゃなく、糯米も少し混ぜるので、うちのは固すぎず、柔らかすぎず――。今ではあたしがおっかさんの味を引き継いでるんです。もう、誰も美し餅とは呼ばないけれど、人気があるんですよ、ここの美し餅、かしわ餅」

おえいはお夏の深刻な話しぶりが理解できず、

「そのかしわ餅の美し餅がいったい？」

先を促した。

「もちろん、江戸詰めになる前のことです。何でも、中川様は寝言で、〝春恋魚〟と唸ったり、〝美し餅〟と呟いたりなさるそうで。春恋魚は秋刀魚の糠漬けのこと。旅人の前や藩の外では禁句とされている言葉なので、気になどかけていなかったんだそうですが、美し餅となると、もしかして、他所《よそ》の綺麗な女のことではないかと、気が揉《も》めて仕方がなかったそうです。波江様は夫婦になって何年経っても、旦那様にべた惚れでしたから――」

「まあ、たしかに、春恋魚が秋刀魚の糠漬けなのですから、美し餅に別の意味があるかと詮索したくなる気持ちはわかります。わたしが波江様なら、美し餅について調べずにはいられません」

季蔵は自分の考えを口にした。

「波江様はあの通り、人に好かれる性質《たち》なんで、句会に集まるお年寄りたちに訊ねて、美し餅はいわき屋のかしわ餅だとわかったんです。聞いたあたしは、さぞかしすっきりしたはずだと思ったんですが、波江様は訊ねるのを止めませんでした」

そこで話を止めたお夏は、おえいをちらと見た。

「ところで、どうして、かしわ餅が美し餅と呼ばれるようになったのかしら？」

「美し餅と名づけたのはおっかさんです。うちのかしわ餅は、二種類の粉を混ぜるので、ちょうど、赤子の肌のような、すべすべしていながらももっちりした申し分のない餅に仕上がるんです。おっかさんは子ども好きだったんで、赤子の綺麗な肌にちなんで、そのように名付けたんだと思います」

「それじゃ、中川様の寝言は、もっと子どもが欲しいってことだったんじゃないのかい？

あの男《ひと》もきっと子ども好きさ」

吉次が口を挟んだ。

「そうかもしれません」

おえいは言葉を止めた。

「赤子以外に美し餅に心当たりはありませんか?」

季蔵に訊かれると、

「何だか、今でも思い出すのが辛《つら》くて――」

おえいは一度目を伏せたが、

「でも、中川家の皆さんの供養のためですから――」

季蔵に言われてしっかりと顔を上げた。

「あたしの八つ違いの姉はちさといいます。綺麗で、生まれた時から天女のようだったとおっかさんは言ってました。口数が少なく、習い事もかなり上手で、いずれは見初《みそ》められて城代家老様の養女にして頂いて高禄の武家へ輿入れするだろうと、奉公人たちが話しているのを聞いたことがあります。当時、海産物問屋のいわき屋に並ぶ商家は、この城下にはありませんでしたので、いわき屋よりも格上となると、お武家様へ嫁ぐしかなかったのです。姉さんは年頃になるとますます磨きがかかって、眩《まぶ》しいほどになり、日々、習い事から帰ってくるたびに、袖の中から付け文が出てきました。その頃毎年、皐月《さつき》の節句の頃になると、姉さんは、この時ばかりは店に出て、作り上げたかしわ餅をいらしたお客様に配ったそうです。お客様方は、かしわ餅の美味しさと姉さんの美しさに酔いしれ、たいへん、喜んでくださったと聞いています。それで、美し餅といえば、姉さん本人のことのように言われたこともありました。ただし、これもおっかさんが亡くなるまでです。今はもう、覚えている人などいないでしょう」

「ところがいたのよ」

お夏は言い切った。

「いわき屋の奉公人なら、覚えていて当たり前でしょう？」

「まあ」

「波江様は句会で元はいわき屋の奉公人だったという人から、美し餅がおちささんを差していた頃のことを、残らず訊きだしていたんですよ。あたしも波江様から聞いて驚きました」

お夏は、はきはきと言葉を運んだ。

「何と口の軽い――」

一瞬、おえいは憤慨したが、

「流行病《はやりやまい》で亡くなる前、両親はいわき屋とあたしたちを兄に託しました。おとっつぁんは店の先行きを案じ、おっかさんの何よりの心配は年頃だった姉さんの嫁入りでした。必死になって兄さんは姉さんに縁談を勧めました。あろうことか、大人しい姉さんが首を横に振ったんです。驚いた兄さんが問い詰めると、想う人がいて、その相手には付け文を返したというんです」

「おちささんが好いたお相手の名は、何とおっしゃいましたか？」

「興田秀之進《ひでのしん》様」

おえいは苦しそうに呟いた。

「まさか、あの――」

吉次は目を白黒させた。

「ご家老様の御子息でした」

「なにゆえ、おちささんはその方と添われなかったんですか？　あの頃のいわき屋は飛ぶ鳥を落とす勢い、養女にして貰《もら》えるほどだったんなら、ご内室にだってなれるはずでしょう？」

お夏はおえいを見つめつつ首をかしげた。

「わかりません。どうしてそうはならなかったのか、あたしにはわからず終《じま》いです。ただ、わかっているのは、姉さんから話を聞いた兄さんは、ご家老様の御屋敷に伺いました。姉さんと秀之進様を夫婦にするために、ご家老様のお許しを得ようとしたんです。ところが、何度足を運んでもご家老様は会って下さいません。兄さんの帰らない日が続いて、戻ってきた時は冷たい骸でした。そして、いわき屋は暖簾を下ろすよう命じられました。ほどなく、秀之進様が突然、亡くなられたと知ると、姉さんは精根尽き果てたのでしょう。首を括ってしまったんです」

「暖簾を下ろさねばならねえ理由なんて、あったのかい？」

吉次は首を捻《ひね》った。

「奉公人たちが、〝いわき屋はますます繁盛だ。旦那様も草葉の陰で喜んでおいでだろう〟と洩らしているのを聞いたことがあります。ですから、おとっつぁんに代わった兄さんが商いに行き詰まったわけじゃないんです。店を畳むようにというお達しには、奢侈《しゃし》が過ぎると書かれておりました。姉さんの幸せを願った兄さんについて、〝商家が武家と結ぼうとするは、身の程をわきまえぬ、不埒《ふらち》な振る舞い〟と見なされていたんです。秀之進様と姉さんとのことが一番の原因でした」

「おとっつぁん、おっかさんが生きてる頃の話とはずいぶん違うじゃねえか。藩主様が建てたってえ海山寮を、商人のえびす屋に払い下げてるじゃねえか。えびす屋は奢侈を極めてもいいのかよ。理屈は合わねえし、いわき屋は酷《ひで》えわりを食ってる」

「生まれて初めて、人の世はこうも厳しいものだと思い知りました」

「他に書かれていたことは？」

季蔵の言葉に、

「〝母御の代から、藩主御内室縁の尼寺菩薩寺《ぼさつじ》は菩提寺に相当する、これに出入りするは不届きしごく、重罪に値する〟と書かれていたのには、どうしても、納得できませんでした。たしかに菩薩寺は、何代か前かのご内室がお建てになったものですが、施療寺として、幸薄い人たちの頼りでした。いわき屋では、代々、この菩薩寺に寄進は欠かさず、節句や盂蘭盆会《うらぼんえ》、彼岸《ひがん》には必ず内儀が手ずから作る餅を届けていました。おっかさん亡き後は姉さんが、そして、姉さん亡き後はあたしがその御奉仕を続けてきていたんです。それなのに——。美味しかったおっかさんのおはぎや豆餅の味にまで文句をつけられたようで、あんまりだと思いました。何でもかんでも難癖をつけて、人の心を踏みにじっていいものなのかって——」

おえいの頬《ほお》に悔し涙が流れた。

「辛かったのね、おえいちゃん」

お夏も目を潤ませて、

「波江様はこの話を、しつこくつきまとってくる、えびす屋の若旦那にしたものかどうか、たいそう迷っていたので、あたしが話すよう勧めました」

「どうして、あんな男に？」

おえいは憤然として涙を振り払った。

「それは波江様がおえいさんの幸せを願ったからです。波江様はね、おえいさんがえびす屋に迎えられるのは、よい事だと思ってました。おえいさんはこれ以上、苦しい道を歩き続けることはないって——。そもそも、おちささんと秀之進様のことさえなければ、ご家老様の逆鱗《げきりん》に触れることもなく、幾太郎さんは息災で、今でもいわき屋は安泰。おえいさんだって、拵えた餅を天秤棒で売り歩かなくてもすむはずだものね。えびす屋の若旦那にこの経緯を話して、〝だから、これは玉の輿なんかじゃない、元に戻ったようなもの。あんなことにならなくて、岩城商人のいわき屋が前のままなら、どこの馬の骨かわからないえびす屋なんて、まだ天秤棒担ぎのままだったはず〟って言ってやれって、あたしが波江様をけしかけたんですよ。波江様はなるほどと手を叩いて、〝いわき屋の看板と一緒に嫁入ったものの、親兄姉のいないのを理由にされて、おえいさんがえびす屋で肩身の狭い思いなどしないよう、あの柔《やわ》な若旦那の胸に、成り上がり者の身の程をしっかり、わきまえるよう諭《さと》しておかなくては――〟って張り切ってました」

八

お夏の家を出ると、すでに陽《ひ》が暮れかけていた。

「身体も頭も腹になっちまったようだ」

吉次がぼやいた。

「ごめんなさい、お二人ともお腹を減らしていたんですよね。これからうちへまたお寄りください。今度こそ、春恋魚をお出しします」

二人はおえいの店のある五町目へと戻った。

「まずはお茶と白だんごで一息ついてください。普通、白だんごはお盆や十五夜に作るものですが、いわき屋ではいい和三盆《わさんぼん》が入るたびに、おっかさんがおやつに拵えていました。気取らないおやつですけど、すべすべした舌触りがなかなかのものなんです」

おえいは白だんごを作り始めた。

竈に火が入り、湯が沸く音がして、店の中が暖まってくると、知らずと三人はほっと大きく息をついていた。

中川家で起きた出来事の凄惨《せいさん》さや、城代家老の専横そのものの振る舞いから、一時、離れられたような気がしたのである。

「へえ、粳粉を湯でこねるんだな」

吉次が身を乗りだした。

「まあ、こんなことを面白がる男《ひと》は初めて」

おえいがきらきらする大きな目を瞠《みは》った。

「そうかい」

吉次の顔が赤らんだ。

「吉次さんは遠野の花まんじゅうがお得意です。色取り取りに花を模《かたど》った、たいそう綺麗なまんじゅうです」

季蔵は微笑んだ。

「男らしくはねえ道楽でさ」

照れた吉次に、

「そんなことないですよ。江戸で五本の指に入るお店《たな》にご奉公されてたんですもの」

――そうだったな、しまった――

吉次は咄嗟に季蔵を見た。

吉次はおえいにも職業や名前を偽っていた。

「浩吉さんって聞いたのはあたしの聞き間違いで、ほんとは吉次さんだったんですよね。だって、ずっと季蔵さん、そう呼んでらっしゃったもの――」

――すみません――

季蔵は目で吉次に詫びた。

幸いおえいはもう、その話には触れず、

「花まんじゅうって、何って可愛らしい名づけなのかしら。南部様のご領地の遠野にそんな素敵なものがあるんですね」

「あれもここの美し餅みてえに、粳粉と糯粉を混ぜて作る餅菓子なんだよ」

吉次はあわてておえいに合わせた。

そんな話をしながらおえいは見事な手つきでこねあげ、鍋に沸かした湯の中に入れた。だんごが浮き上がってきたところで、水を切り、皿に盛って、砂糖と醤油のたれを水で伸ばし、かたくり粉でとろみをつけた餡をかける。

「こうすると、コクが出るんで、お腹がぺこぺこでも、こればかり食べずに、次を待って貰えるんです」

次に作られたのは小麦だんごである。

「小麦だんごは昼餉代わりにしたり、小腹が空いた時のものです」

おえいは飯櫃《めしびつ》に残っていた飯に、ぱらぱらと小麦粉と塩を混ぜ、水を少々入れて、だんごにまとめると、竹串に刺して、火の熾《お》きている七輪でこんがりと焼いた。

「香ばしくて美味しいですね」

季蔵が目を細めると、

「意外にお酒が合うんですよ」

おえいは酒の支度をしてくれた。

「砂糖と醬油でつけ焼きしても美味《うめ》えだろうな」

吉次は江戸っ子らしく甘辛好きであった。

「たぶん、それも美味しいでしょうけど、これを甘辛味にすると、洗って糠を取って焼いた春恋魚と合わないんです」

「いよいよ、春恋魚ですか」

季蔵は気持ちが沸き立った。

――これでやっと、冥途の浩吉さんに報告できる――

「糠床をご覧になりますか？」

おえいは勝手口に置かれている木箱の前に季蔵を招いた。

「あっしも見せてもらうよ」

吉次もついてきた。

「これが糠床なのですね」

木箱からは糠に蒸れた秋刀魚の匂いがした。

「秋刀魚の糠漬けの糠床は杉の木箱と決まっています」

おえいは木箱の蓋を開けた。

「秋刀魚の糠漬けは、糠に同量の塩を混ぜて用意し、秋刀魚、糠、秋刀魚、糠という具合に漬物のように重ねて、最後に重石《おもし》をのせて漬けるんです。木箱でなければならないのは、秋刀魚から出た汁を木箱の杉が吸い取って、外へ流してくれるからです。漬け汁がたまらないので腐らず、秋に作ると春まで持つんです」

木箱の中に目を凝らすと、ほとんど空で、底に頭と腹わたのない秋刀魚が、たった一列、糠にまみれているだけである。

この地にも遅い春が訪れ来ようとしていて、いずれ春恋魚も姿を消すのであろう。

「最後の春恋魚をいただけるのですね」

「仕舞いの頃の春恋魚は、糠のせいで、やや酸味が強いですけど、これもまた、小麦だんごやお酒に合うんです。悪くありません」

おえいは秋刀魚の糠漬けを三尾ほど皿に取った。

みゃーお
豆吉が走ってきた。

みゃーお、みゃあ、みゃあ、みゃーお
しきりに鳴き続ける。

「おまえもお腹が空いたのね。でも、待ってなさい。お客様の分を焼いたら、おまえのも焼いてあげるから」

おえいが木箱の蓋をもう一度開け、中から、春恋魚をもう一尾引き上げようとした時豆吉が木箱の中に飛び込み、目にも止まらぬ早さで春恋魚を口に咥《くわ》えた。

「何をするの」

おえいが鋭い声を上げると、豆吉は一番高い棚の上に飛び乗った。

上から下にいる季蔵たちを睥睨《へいげい》するように見据えたまま、豆吉はがつがつと夕餉に取りかかった。あっという間に咥えられていた秋刀魚が姿を消した。

しかし、ほどなく、豆吉の全身がぶるぶると震え始めた。

みゃあとも、鳴けず、はあはあという荒い息が続いて、五十を数え終える間もなく、目を閉じた豆吉は息をしなくなった。

「そんなこと——」

真っ青になったおえいは手にしていた皿を、木箱の中に放り出した。

「どうしたんだ？」

「毒だな。毒が残りの春恋魚に仕込まれてたんだ」

吉次が言い当てると、

「でも、今日の朝、あたしがぶつ切りにしたのを、大根や牛蒡《ごぼう》、人参《にんじん》と煮て、汁にして食べた時は何ともなかったんですよ」

おえいは信じられないという表情で首を何度も横に振った。

「わたしたちが出かけている間に、何者かが毒を仕込みにここへ忍び込んだのです」

季蔵は断じた。

「きっと、あのご家老の仕業だよ、間違えねえ。しかし、まあ、何って酷えことを」

棚の上で死んでいる豆吉をちらりと見て、吉次は両手の拳を固めた。

「ご家老様がそこまで恐ろしいことを？　でも、どうして？　奢侈を理由にいわき屋が潰されたのはもう、十年も前のことです。今のあたしの暮らしぶりのどこが、お気に召さないというんでしょう？」

「わたしたちを確実に始末するためです。毒を飯櫃の冷飯や小麦粉、粳粉にではなく、秋刀魚のぬか床に入れたのは、わたしたちがこれに執着していると知っているからです。本日、お城に上がった折、春恋魚を口にするまでは決して諦めず、帰らないと申し上げましたゆえ。興田様には、中川様や十年前の一件と関わって、どうしても秘さなければならないことがおありなのです」

「そいつを突っつこうとしてるあっしたちを消そうってえんだな」

「城を出てすぐに始末をつけなかったのは、たぶん、わたしたちがまだ、核心に近づいていなかったからです。そこで、しばらく様子を見ることにしたのでしょう」

「今、こうやって殺《や》られかけたのは、あっしたちが何かを摑みかけてるってことだな」

季蔵は黙って頷いた。

この後、豆吉の骸は棚から下ろされると、座布団の上に寝かされ、おえいは棺桶《かんおけ》用の小さな木箱を探してきた。

「せめて、今晩ひと晩は人のようにお通夜をしてやりたいの」

線香が焚《た》かれた。

通夜とあって、三人は交替で豆吉の小さな魂に別れを告げた。

「いつもはどんなに好きなものでも、あたしが叱れば、食べるのを止めるのに。さっきは取り憑《つ》かれたように毒を食べて――」

おえいは冷たくなった豆吉の背中を撫でた。

「豆吉はおえいさんだけじゃなく、あっしたちの身代わりにもなってくれたのかもしんねえ」

吉次は目を伏せた。

九

油障子の隙間が白んでくると、季蔵は海辺に建てられているという海山寮へ行ってみようと決めた。

――波江様の髪には浜の砂が付いていた。薬種屋からの帰り、海山寮へ出向いたのではないか？――

海山寮に足を向け、その後、中川の家に戻ってあのような死を遂げたのなら、何かしらの関わりがあるように思われてならない。

寝ずの番の季蔵は、寝入っている二人を見遣《みや》った。おえいが吉次に身体を預けるようにして寝入っている。

――このままにしておこう――

季蔵は一人で行くつもりであった。

――毒入りの春恋魚を食べさせられかけたのだ。今後、何が起こるかしれたものではない――

季蔵がそろそろと立ちあがりかけると、

「季蔵さん」

吉次とおえいが目を覚ました。

「どこへ行きなさるんで？」

渋々、行き先を告げると、

「もちろん、あっしも行きますよ」

眠い目をごしごしとこすりながら、威勢よく吉次は立ち上がった。

吉次と触れ合っていた肩が離れて、

「行ってらっしゃい」

おえいは精一杯、声を明るく張ったものの、

「早く帰ってきてね。あたし、白だんごをどっさり拵えて待ってるわ」

語尾が掠《かす》れて表情が歪《ゆが》み、

「行かないで」

吉次を見つめて、絞り出すような声を洩らした。

「どうして？　どうしてこんなに神様は意地悪なの？　おとっつぁん、おっかさん、兄さん、姉さん、そして今、豆吉まで、神様はあたしの大事な人たちを、あの世へ連れて行っておしまいになるの？　きっと、あたしが前世で、よほど悪い行いをしていたからなんだわ。せっかく知り合った吉次さんや季蔵さんだって、もしかして、夢の中の男《ひと》なのかもしれない。夢から醒《さ》めれば、やっぱり、あたしはひとりぼっち。そうよ、そうに決まってる」

「そんなことねえ。夢なんかじゃあるもんか。あっしはここにいるぜ」

思わず吉次はおえいに駆け寄って、しっかりと抱きしめた。

「だったら、もう、離れないで」

うんうんと頷いた吉次は、おえいの背中を撫でつつ、

「だけどな、あっしにはどうしても、やんなきゃなんねえことがあるんだよ。あっしがここへ来たのは、あっしみてえなもんを友達にして、心を許してくれた中川様の供養のためなんだ。これだけは譲れねえ。そのためには、季蔵さんと力を合わせなきゃなんねえんだよ」

「でも、もう、ここを出たら、吉次さんたち、二度と戻ってこないような気がするの」

――たしかに、いつ、そうなってもおかしくはない状況ではある――

「わたしは一人で行かせてもらいます。おえいさんを一人にしておいては、気が気ではありませんから。吉次さんはおえいさんとここに居て、護《まも》ってあげてください」

季蔵は有無を言わせぬ口調で言い切ると、単身、海山寮へと向かった。

海山寮は絶景の松林が見渡せる小高い丘の上に建っている。

季蔵はひたすら上へと登って行く。かあかあと鳴くカラスの鳴き声と、ざざざあと打ち寄せる波の音が聞こえている。それでも、

――これは――

隠れ者の経験が季蔵を耳聡《みみざと》くしていた。

季蔵は目の前の崖を見上げた。草履のこすれる音が上から聞こえる。海山寮のある頂上まであと一歩と近づいた時、

――人がいる――

そう確信したとたん、崖の上の大きな岩がぐらぐらと揺れ始めた。

――いけない――

季蔵があわてて、数歩先へ飛び退《すさ》ったのと、大岩が転がり落ちてきたのは、ほとんど同時であった。

――先回りされて狙《ねら》われた？――

やはり、どこに居ても監視の目は光っているのだと思うと、腋《わき》の下に冷や汗が流れた。

――吉次さんを巻き添えにしなくてよかった。それにしても、何と卑怯《ひきょう》な――

季蔵は力を振り絞り、自分を殺そうとした相手を追いかけて、急な坂道をひたすら駆け上がった。

息が切れかけたところで海山寮の門の前に立つ。

すでにえびす屋の別邸と化しているので門番の姿はない。

——おそらく、普段は無人なのだろう——

しんと静まり返っていて、相変わらず、聞こえているのはカラスと波の音だけである。

もう、どこからも、草履の音は聞こえてこない。

——だが——

何羽かのカラスがくるくると廻りながら、低く飛び始めている。目当ては海山寮の裏手にある庭のようである。

季蔵はそこへと急いだ。

見たことのある贅を凝らした羽織が目に入った。倒れて死んでいるのは、あろうことか、えびす屋の若旦那であった。

——毒死だな——

骸に傷は見当たらない——

——殺された——

そう直感した。

——わたしに岩を落としたやつの仕業だ。登ってくるわたしに気づいて、やったのだろう――

咄嗟に季蔵は地面の足跡に目を凝らした。

若旦那のものと思われる、男にしては小さ目の足跡は片道だけであったが、もう一つのやや大きめの足跡は往復していて、裏木戸の外へと続いている。

――こんなところに別の道があったとは――。岩を落とした後、別の道を辿って逃げたんだな――

季蔵は若旦那の骸に屈み込んだ。

手足に触れるとすでにもう冷たく、強ばっている。

――今、殺されたわけではない――

さらに骸の羽織の袖が右だけ、大きく広げられていることに気づいた。

袖をそっと持ち上げてみると、黒土にまみれた文があった。

――これは若旦那が遺したものだ――

取り上げて、土を落とすと以下のようにあった。

〝海山寮にて、明日、早朝に待たれよ　村上源左衛門《げんざえもん》〟

――村上源左衛門？　村上はあの江戸家老の姓ではあるが――

いったい何者だろうかと思案した挙げ句、こうなっては、何としても、村上源左衛門の正体を突き止めようと決意して、

――骸をこのままにしていくのは忍びないが、えびす屋の若旦那ならば、遠からず見つけられ、供養されることだろう――

裏庭を出て行こうとすると、また、草履の音が聞こえてきた。

――戻ってきたのか――

季蔵は懐の出刃包丁に手を伸ばした。おえいの家の厨にあったものを、密《ひそ》かに借用してきたのである。

――料理人の命は使わずに済ませたい――

いつでも懐から抜けるようにと身構えて振り返った。

「やはりな」

相手は若旦那の骸を見ている。

年齢は二十歳半ばほどで、すらりと背が高く色白で、やや悲しげではあったが聡明な目をしている。上等な小紋の小袖と袴《はかま》を身につけている。

――村上源之丞《げんのじょう》の子息に違いない――

「いつものことなので驚かぬ」

たしかに村上源左衛門はしごく、平静であった。

「村上源左衛門様、お探しになりたかったのはこれにございましょう?」

わざと相手の名を呼んで、季蔵は泥にまみれた文を広げた。

「いや」

源左衛門は首を横に振り、

「えびす屋が会いたいと文を先に寄越したので、会ってやることにしたまでだ。えびす屋は、想う相手の心を摑みたい一心で涙ぐましく、その娘の過ぎし日のことを、くわしく知れば相手に通じる、傷を癒すことができると信じ込んでいるようだった」

「お話しになるおつもりでしたか？」

「江戸の父が死んだゆえ、そろそろ、親孝行もこのあたりで仕舞いにしてもよいと思ってな。えびす屋が聞きたがっていたことを、わしの知る限り、話してやるつもりだった」

源左衛門には少しも悪びれる様子がなかった。

「それではえびす屋さんを殺した後、この証があっては不味《まず》いと、お戻りになったのではないとおっしゃるのですね」

「わしは話すつもりで、約束を守ってここに来たにすぎぬ」

いささか、源左衛門は憮然《ぶぜん》とした。

「そのお話、わたしにお聞かせいただけませんか？」

そこで季蔵は江戸詰めの中川新之介がお助け小僧の一味と見なされた事件と、それに続く悲惨な出来事を話した。

「わかった」

短く応えた源左衛門の目が力強く輝いた。

「えびす屋は気の毒なことになったが、そちに話す方が甲斐はありそうだ」

「是非、お願いいたします」

二人は松林が見渡せる東屋《あずまや》に入ると向かい合って座った。

「わしとあんな死に方をした興田秀之進は同い年だったこともあり、まさに竹馬《ちくば》の友であった。わしの父源之丞もまだ江戸詰めではなく、家同士親しく行き来しておったのだ。見かけはそうでもなかったが、とにかく、気性がよく似ていて、互いの気持ちを察することができた。あそこまで気の合う友はもうこの先おるまい」

源左衛門の声が湿った。

十

「あんな死に方とはどのような御最期だったのでございましょう？」

「自刃じゃ。どうあっても、いわき屋のおちさと結ばれぬとわかると、秀之進は父である興田様の部屋の前で、この仕打ちに抗議するかのように腹を切ったのだ」

「なにゆえ、ご家老様はおちささんとのことをお許しにならなかったのですか？　その当時のいわき屋の力をもってすれば、相応の武家の養女となり、興田家に嫁ぐこともできたはずです。いわき屋の先代夫婦が存命の折、輿入れ先こそ決まってはいなかったものの、それに近い話があったと聞きました」

源左衛門は大きく頷いて、

「わしもそちのように思ったぞ。なぜ、ならぬ縁なのか、不思議でならなかった。だが、秀之進が死んだことで、興田家を日々訪ねていたいわき屋の主幾太郎が、無残にも、浜で骸になって見つかったのは、物盗りなどに襲われたのではないと確信した。それでわしは日々、平静を保てなくなった。どうにも、真の友であった秀之進の死が惜しく、なぜ、死ななければならなかったのかと、腹が立ってならなかった」

じっと季蔵の目を見ると、

「それゆえ、勘定方の中川新之介を友としていたという、そちの知り合いの者の胸中は察するに余りある。侍と町人にあるのは身分の隔てにすぎぬ。通い合っている心と心に壁はない。中川の心残りを知りたいという一念で、ここまで遠い旅をしてきたその者の心意気と、この世では添うことのできなかった秀之進といわき屋のおちさについて、真相に迫りたいという、わしの気持ちは同じようなものだからだ」

「お調べになったのでしょうか？」

「あの頃、まずは父源之丞に訊いた。すると、〝そなたは達者で文武に励んでおればよい〟と言われた。この言葉は幼い頃から、耳にタコができるほど聞かされてきたものだった。〝それがしのことではありません、興田秀之進のことなのです。なにゆえ、死なせなければならなかったのですか？〟と言い返したが、父は同じ言葉を何度でも繰り返した。わしはもう、父に期待は抱かないことにして、繰り返される父の言葉についてふと思い当たった。わしと秀之進をこれほど近づけたのは、同い年で、互いの家同士が行き来していたからだけではなかった。わしたちは共に母の顔を知らず、秀之進もわしと似たような薫《くん》陶《とう》を、父親から受けて育ったのだ」

「お二人はお寂しかったのですね」

「そうだ。しかし、厳しい一方の父たちには、決して、その寂しさを訴えることなどできはしなかったのだ。わしたちは家老職の子として何不自由なく育ったが、心は木一つ育たぬ荒れ野に立ち尽くしているかのように、温か味とは無縁で、いつも何かが満たされず、寒さの中に孤独だった。それゆえ、秀之進がいわき屋の美し餅、習い事帰りのおちさを見初めた時は、自分のことのようにうれしかった。おちさはこの世のものとは思えぬ美しさ、艶《あで》やかさだったが、微笑む白い顔は搗き立ての餅のように温かだった。これで二人のうち、一人は孤独地獄から救われると思った。秀之進はわしより三月遅く生まれている。同い年ではあったが、弟のように思っていた。恋路の名伯楽を気取ったわけではないが、わしから言い出して、付け文を届けた。それから、話ができるよう、外へ出る時には、いつも付き添っているいわき屋の小僧に駄賃を与えて、見て見ぬふりをさせた。そんなことを繰り返して、二人の恋路を成就させせようとしたのだ。しかし、何とも無念すぎる結末となった。わしさえ、あのような節介をしなければ、秀之進は生きていてくれたかもしれないと思うこともあった。秀之進だけではない、幾太郎も密かに手討ちにされず、いわき屋も今のようにならなかったはず。あのおちさとて、失意の余り、自死することもなかったのではないかと――」

「贖罪《しょくざい》の気持ちもあって必死に調べられたのですね」

季蔵は核心に触れようとした。

「そうだ。幾太郎のようになってもかまわぬからと、わしは興田様のところへ行って、父に投げたのと同じ問いをして食い下がった。激昂《げきこう》したわしは身の程もわきまえず、興田様を見下ろしていたが、応えはなぜか、頭を垂れたまま〝達者で文武に励まれよ〟の一点張りだった。この時、はっきり、これは何かあるとわかった。わしと秀之進が母の顔を知らず、父親に同じ言葉で育てられてきたのは、きっと何かあると感じたのだ。わしは自分の家の菩提寺へと向かった。年老いた住職に母のことを訊いた。耄碌《もうろく》していたせいだろう、住職は無心にして怪訝《けげん》な顔で、〝お母上ならここではない、菩薩寺です〟と洩らした。人は呆《ほ》けると昔の話に限って、正直に話すものだ。そこで、〝興田様の奥方様のお骨も菩薩寺なのではないか？〟と問うと、〝そうそう〟と無邪気に笑った」

「菩薩寺は施療院を兼ねた尼寺と聞きました」

「そうだ。裏手の墓地には、行き倒れなど、引き取り手のない者の骸が葬られている。菩提寺の住職の言葉を引き合いに出して、こんなところにどうして、村上家や興田家の奥方が眠っているのかと、わしは庵主《あんじゅ》をつかまえて訊き糺《ただ》そうとした。庵主は何かの間違いだと泣きながら言い通したが、何か隠しているとわしは直感した。幾太郎のように毎日通い続けた。いずれ同じような目に遭うだろうと覚悟していた。ところが、何と殺されたのは菩提寺の住職と菩薩寺の庵主だった。わしが何度目かに、訪ねた時には、二人とも冷たく変わり果てていたのだ。やはり自分の直感は正しかったと確信しつつ、わしはこの調べを中断した。誰かが目を光らせていて、わしが真相に近づこうとして動けば、必ず、周りで死人が出るとわかったからだ」

「今になってなにゆえ、えびす屋の若旦那に話す気になったのです？」

「秀之進とおちさの叶わぬ恋路に関わって、多くの命が奪われた。これに我が父や興田様が裏で糸を引いているのはまず、間違いない。周りの者が死んで、わしが殺されないのは、父が庇《かば》い立てしていたからに違いないと思っていた。その父が死ねば、興田様も遠慮会釈もなく、わしを始末しようとなさるはずだ。たぶん、殺される前に真相が聞けるだろう。命を投げ出す覚悟はとうに出来ていた」

「しかし、今回も殺されたのはえびす屋の若旦那で、あなた様ではありませんでした」

「それがどうにもわからぬ」

源左衛門は若旦那の骸を痛ましげに見て、

「これはいったい、どうしたことか――」

両手で頭を抱えた。

「先ほど、城代家老の興田様のお屋敷に怒鳴り込んで行き、礼を尽くさずとも、叱責《しっせき》されなかったとおっしゃいましたね」

季蔵が念を押した。

「そうだ」

「だとすると、あなた様はきっと特別なお方なのです」

か」


「どう特別だというのか？」

「それはこれから、興田様をお訪ねすればわかるのではないかと思います」

「この藩に亡霊のように巣くってきた、よくわからぬ悲惨な話の真相も聞けるというのか」

「ええ、たぶん」

「わしが案内しよう」

源左衛門は勢いよく立ち上がった。

興田采女《うねめ》の家屋敷は桜町ほどではないが、桜の古木が立ち並ぶ道匠小路《どうしょうこうじ》にあった。

門前で二人を出迎えた門番たちが、

「桜が待たれるなあ」

「雪見酒にはとっくに飽きた。花見酒はひとしおだ」

「というても、重箱の中身は沢庵《たくあん》と残りものの春恋魚だろうがな」

「贅沢を言うな。春恋魚を悪う言うては罰《ばち》が当たるぞ。ともあれ、桜が何よりの菜よ」

「そうじゃった」

暢気《のんき》な会話を楽しんでいる。

「村上源左衛門である。興田様にお目通りいたしたい」

源左衛門が声を張ると、

「今すぐ、お伝えいたしてまいります。少し、お待ちください」

門番たちはかしこまっていた。

「村上源之丞はたいした忠義者だったと報され、皆、信じ込んでいるのだ」

季蔵の耳元で源左衛門が囁いた。

源左衛門が同行しているので、案じてはいなかったが、ほどなく二人は屋敷の中へと招き入れられた。

白い花の茂みが沈丁花だとわかったのは、強く重い独特の香りゆえだった。

「離れの茶室でお待ちでございます」

応対に出てきた若い家士が、源左衛門に深々と頭を垂れて、

「このたびは――」

控えめに弔意を表した。

見事な枝ぶりの五葉松の幹はまだ菰巻きで覆われている。

池の前を通り過ぎたが、底で眠り続けているのか、生きものの気配はなかった。

沈丁花の芳しい香りはここまで流れてきている。

「村上にございます」

茶室の前に立った源左衛門が声を掛けると、

「入られよ」

興田のくぐもれた声が静かに促した。

十一

「すでに報せは届けてあるゆえ、父上の一件は承知のことと思う。過ぎたる忠義心に心が蝕《むしば》まれた結果とはいえ、まことに残念であった」

「理由や経緯はともあれ、殿に成敗されたとあらば父は罪人です。嫡男のわたしに咎が無いのが不思議でなりません」

源左衛門は興田を見据えた。

「源左衛門殿も存じていようが、殿は寛容なお人柄であられる。父村上源之丞の陰日向《ひなた》のない忠義に報いてのことであろう」

「父が成敗されたのは、乱心ゆえではなかったと聞いております。恥ずかしきことながら、横領の上、これを取り繕うために、気づいた中川新之介を陥れたのだと――」

源左衛門はちらりと季蔵を見た。

「戯《たわ》けたことを――」

興田は季蔵を睨みつけて高く笑った。

「戯けたことをおっしゃっておられるのはご家老様です。この者は我が藩の江戸屋敷に料理人として住み込み、一部始終を見聞きしてきているのです」

この後、源左衛門の口から季蔵が伝えた真実が語られた。

「江戸などという遥《はる》か遠くで起きた大事について、身分卑しき料理人風情の話を信じるのか？　父のいや、村上家の名誉が穢《けが》されて腹が立たぬとは、源左衛門殿も愚かにもほどがあるぞ」

興田は唇を曲げた。

「わたしが今、命に替えて、一心に案じているのはこの藩の行く末です。江戸家老の横領と人殺しの罪を、忠義ゆえの乱心とすり替えるような政《まつりごと》は腐りきっています。もとより、殿のご意志でもありますまい」

源左衛門の目がぎらりと光った。

――この男はここで死ぬ気でいる――

「すり替えた証などありはしない」

興田はたかを括《くく》った。

「ございます」

季蔵は口火を切って、

「あなた様がなさったことですから、ご存じではございましょうが、中川新之介様の妻女波江様は、断じて、自害されたのではありません。証は中川家の仏壇に手向《たむ》けられていた沈丁花と、波江様の胸元に差し込まれていた懐剣です。こちらの門を入るなり、沈丁花が鼻を打つほど強く香りました。中川家の庭に沈丁花は見当たらなかったのです。それから、波江様の懐剣は柄《つか》を下にして胸元にしまわれておりました。自害を決めた女子の行いとはとても、思えません。毒を呷って死ぬのならば、懐剣は不要です。見事、武家の女子らしく、懐剣で自害された姑《しゆうとめ》桐野様に倣おうとしたものの、見苦しい失敗を恐れて、毒を使うことにされたのであれば、身に付ける懐剣にも気を配り、逆さに身に付けることなどありはしないはずです。あなたが、波江様を海山寮近くの浜辺で毒死させた後、中川家へ運んで自害を装わせたのです」

と言い切った。

——たぶん、わたしも共に死ぬことになるだろう——

「興田様、我らはすでに死を覚悟いたしております。この者の口を封じようとなさる時は、このわたしも同様に始末されましょう。ですから、どうか死に土産《みやげ》と思《おぼ》し召して、十年前のいわき屋幾太郎の一件から端を発している、ここに巣くい続ける魑魅魍魎《ちみもうりよう》の正体をお明かしいただけませんか？　我が父もその一端を担っていたはずです」

「そこまでのお覚悟か——。立派になられた」

呟いた興田は立ち上がると、水屋に平伏した。

「あなた様を手に掛けることなど、このわたくしに出来ようはずもありません」

「何をなさいます」

源左衛門は慌てた。

季蔵は、思いもかけぬ成り行きに唖然とした。

「この場に際して、茶番はお止めください」

源左衛門がいささか不機嫌になると、

「茶番などであるものですか」

興田は衿《えり》の間から古びた和紙を出して広げた。

「これをご覧ください」

それには以下のような句が並んでいた。

春立ちて美し餅の美しき
秋別れ美し餅よいざさらば
冬空に美し餅の母恋し

「秋別れ美し餅よいざさらば――この句の詠《よ》み手が源左衛門様、あなた様の母君であられます」

「命と引き換えにわたしを生んでくれた母の句か――」

源左衛門が感慨深げに呟くと、

「美し餅とは赤子の意味に使われておりますが、先代藩主是道様が、この赤子をご自分の血縁と認められた証でもあったのです」

「わたしの父は先代是道様だとおっしゃるのですか？」

源左衛門は愕然《がくぜん》とした。

「その通りです。是道様は生まれつきご壮健で、江戸の上様を凌ぐ艶福家《えんぷくか》であられた。食を極めるがごとく、女子に血道を上げられた。無垢《むく》でお優しいお人柄に乗じて、側室たちやその身内は、身の程をわきまえなくなり、是道様に物品をねだるだけではなく、役職や政にまで競って口を出すようになった。当然のように、もともと逼迫《ひっぱく》していた藩政は窮乏の一途となり、このままでは、いずれ、この内輪揉めが幕府の知るところとなり、国替えになるのは必定《ひつじょう》。国替えは処罰ゆえ、荒れ地か寒冷の地に移される。奥州とはいえ、南に位置していて、よほど寒い夏でなければ米がよく実り、海の幸、山の幸に恵まれているこの磐城平以外に、住みやすい地などありはしない。城代家老の役職に就いていたわたくしは、何としてでも、どんな犠牲を払ってでも、藩政を立ち直らせなければならなかった。

それには、まず、是道様にお願いして、奥向きの経費を切り詰めることだったが、節約令だけでは生ぬるすぎて、事態はあまり変わらなかった。そこでわたくしは当時、勘定奉行だった村上源之丞の案を入れて、お側室は国許にお一人と決め、あとの方々には暇を出すことに決めた。このままでは、獲れたてのあんこうを食していただけなくなるかもしれないという、切羽詰まった説明をすると、是道様は渋々承知された。お腹に子を宿していないお側室に限って、そのまま、髪を下ろすことを許したが、ご懐妊あそばしている方々は菩薩寺に止め置いた。後々、生まれた子らが長じ、かの天一坊のように、血縁を楯に、世継ぎになり得ると言い立てて、藩政を危うくしないとも限らなかったからだ。菩薩寺に移られたご側室方は、春、秋、冬とそれぞれ、是道様のお子をお産みになった」

「そのご側室たちはその後、どうなった？」

源左衛門は興田に食い入るような目を向けている。

「先の方々同様、仏門に入っていただきました」

興田は目を伏せた。

「嘘だ。生かしておいて、後々の火種になってはと、命を奪ったはずだ」

うつむいたまま興田は応えない。

「ならば、わしの他の二人の子は？」

「冬空に美し餅の母悲し——秀之進の母御の句です。その頃、わたしと村上は共に、嫡男をもうけずに妻に先立たれていたので、それぞれお二人を実子として引き取ったのです」

「我らを殺さなかったのは、今の殿に万一のことが起きた時のためであるな」

「はい。お世継ぎは御家の要。絶やすことはできません。常に万一に備えなければ」

興田はきっと顔を上げて言い切った。

「家臣の子として、主君に頭を上げることのなきよう、厳しく育てるとは、なかなかの思いつきだ」

源左衛門の口調は皮肉めいていたが、

「ありがとうございます」

興田はまた頭を深く垂れた。

「春立ちて美し餅の美しき——この句に詠われている赤子は女子ですね」

季蔵は口を挟まずにはいられなかった。

「女子はいわき屋の長女ちささだった。菩薩寺には代々、いわき屋が出入りしていて、欠かさず美味《うま》い餅や餅菓子を届けるなど、善行を積んでおった。我らは当時のいわき屋のお内儀に、ご側室方の世話を頼んだ。何があっても、この秘密を守らせたい、それには何か策を講じなければならないと思っていた矢先、いわき屋が女子が生まれたら、是非、引き取らせて頂き、大事に育てたいと言い出した。当時、いわき屋は幾太郎が生まれて後、子宝に恵まれずにいたのだ。これで我らといわき屋は共通の秘密の下に強く結ばれ、互いを守り合う仲間となった。たとえ姫でも、主君のお血筋を我が子としたのがわかれば、お咎めの程ははかりしれない」

「何と秀之進とちささは腹違いの兄妹。そして我らは兄弟妹――」

源左衛門は苦しげにため息をついた。

「お子たちはすくすくと育ち、男子二人は聞き分けよく文武に励み、おちさは天女のように美しい女子に成長した。だが、思いがけない悲劇が襲ってきた。いわき屋夫婦が流行病で亡くなったのだ。我らは今際の際に、夫婦がおちさの出生の秘密を総領の幾太郎に明かしたのではないかと、気がかりだったが、それも、次に起きた、決して許されぬ、兄妹の恋路に比べれば、なんの、蚊に食われたほどの痛痒《つうよう》だった。その事実を幾太郎の文で知った時、すぐに、何の罪もないご側室方に子を生ませた後、毒死させて、非情にも闇に葬った罰だと思い知った」

「なにゆえ、その時、二人は兄妹だと告げなかったのか？」

「幾太郎は二人が兄妹だなどとは毛ほども疑っておらず、何としても好き合っている二人を一緒にしてやりたいと書いてきた。だが、わしは御用商人にまで上りつめていたいわき屋幾太郎の文を、書かれてある通りには信じなかった。きっとすでに両親から聞かされている。知らぬふりをしているのは、底知れぬ魂胆があるに違いないと思ったのだ。このご時世だ。商人でいるだけでは飽きたらず、藩政に野心があるのかもしれぬと」

「それで幾太郎さんを追い剥《は》ぎを装って殺させたのですね」

　季蔵は念を押した。

「これしか、秘密を守り通す道はないと思い定めたのだ。いわき屋を潰したのも、幾太郎以外に、我らの秘密に関わる者がいるかもしれないと案じたからだ」

「それで中川様におえいさんを見張らせたのですか」

「そうだ。どんな小さな芽も、災いをもたらす前に、摘み取っておかねばならなかった。ただし、中川にはそうとは知らせておらなんだ」

「しかし、中川様はこのお役目を不審に感じておられました。春恋魚、美し餅と寝言に洩らすほどに」

「知っている。一時、天涯孤独となったおえいを哀れに思って家に引き取るなど、困った振る舞いもあった。このたび、殿から書状が届いて、そなたの知り合いと中川が親しくしていて、春恋魚という禁句を洩らしていたとわかり、ただただ不安に駆られた。書状の中で殿がおっしゃっていた通り、中川が春恋魚を食べ飽きる頃起きた幾太郎殺しについて、まだ、忘れず、気にかけている証だからだ。これは堪えた。何とかしなければと焦っている最中、そなたたちが当地を訪れるというのに、中川の嫁が秀之進とおちさのことを聞き回っていた。これほど肝の冷えたことはなかったぞ。わしはもう、これ以上殺生をしたくなかった。それでまずは中川家に、新之介が盗みを企んで死んだ事情を記して届け、翌日を待って母御の桐野殿に会いに行った。桐野殿に嫁の口を押さえるようにと命じるつもりでいたのだ。桐野殿は藩内きっての女丈夫《じょじょうふ》の一人だ。おしゃべりな波江殿の口を、たとえ、刺し違えても、中川の家のため、孫子のため、塞《ふさ》いでくれるだろうと期待したのだ。ところが桐野殿はすでに自刃して果てていた。わし宛ての書状を読み、波江殿や子らの姿が見えないのは、実家へ帰したからだろうとすぐに察して、波江殿の実家のある梅香町へ廻った。折よく、外出した波江殿の後を尾行《つけ》て、薬種屋で声を掛けた。句会のことで意見を聞きたいと言って、夫、新之介が死んだことをまだ知らない、明るい笑顔の波江殿を海山寮へと誘った。わしは海辺を歩きながら、波江殿とどうということのない話をして、ご側室方を殺《あや》めた時に使って以来、肌身離さずにいた毒を竹筒の水に混ぜて飲ませた。後は先ほどそなたが言った通りだ。息をしなくなった波江殿を岩場に隠して家に戻り、夜になるのを待って、大八車を押して骸を中川家へ運んだ。家の中で探し当てた懐剣と薬の包みは、いかにも、自害らしく見せるためだったが、わしの好きな沈丁花は、死んで行った中川の家の者たちへの、せめてもの手向けのつもりだった。そもそも、殺めた相手に花を手向けても供養にはならぬな。だが、これでそなたに気づかれたとなれば、やはり、供養であったのかもわからぬ」

「秘密は我らが出生や、殺めた母たちのことだけではなかろう」

源左衛門はなおも険しい目で興田を睨んで、

「あなたが殿に斬りかかろうとした我が父を庇い立てする理由は、ほかにあるはずだ」

「村上源之丞殿は殿に立ち向かうつもりなど、毛ほどもなかったはずだ。もとより、誰ぞに討たれるつもりで手にした刀だったろう」

目を怒らせた興田は季蔵を見た。

——まさか、あれが命を投げだしての芝居だったとは——

啞然とした季蔵は困惑気味に興田を見返して、

「城代家老と江戸家老、お二人が示し合わせての苦肉の策が、横領だったのですね——」

やっと言い当てた。

「横領にあらず、我らが藩のため、殿のため、ひいては領民たちのための隠し金である」

言い切った興田は、

「側室に暇を取らせただけで、傾いている藩政が持ち直すわけもないのだ。自然に任せておけば、富は商人たちに流れていく。そして、富の裏付けのない力は力ではない。わしと村上は裏金を作っていた。中川はそれに気づいたのだ」

「話せば得心されたはずです」

「いや、この秘密もまた、誰にも知られてはならなかった」

「それゆえ、中川様をお助け小僧と企んで千両箱を狙った盗っ人に仕立てあげたのですね」

「中川新之介は何が何でも、盗っ人でなければならなかったのだ」

「だとすれば、かつて、いわき屋幾太郎を殺し、いわき屋を潰した理由も一つではなかったのだな」

源左衛門の言葉に大きく頷いた興田は、

「いつの世でも、藩政続く限り、御用商人に力を持たせすぎてはなりませぬ。頃合いを見て身ぐるみ剝いでしまわなければ——。藩政を陰で支えるは、追い剝ぎに堕《お》ちることにございます」

大きく声を張った。

「今回、えびす屋の倅を手に掛けたのもそれが理由なのだな」

源左衛門は最後に念を押した。

「その通りでございます」

頷いた興田は、

「先へ先へとよくおわかりでございますね。これでわたくしも安心いたしました。源左衛門殿、どうか、殿を助けて、この地を末永くお守りなさいますよう——。わたくしは長年、我が身を処する時はいつ来るのかと、首を長くしておりましたが、やっとその時がまいったようです。先ほど、あなた様が詮索好きな江戸の料理人と一緒においでになったと聞き、ああ、やっと、その時が来てくれたかと安堵《あんど》いたしました。藩政の暗部を報せて、引き継ぐ者が現れる時こそ、わが生涯を終える時と決めておりましたので。殿へは、すでに、お話ししたような事情をしたためた文をお届けしました。後は、罪なき者を数多く殺めてきたこの身を裁かなくてはなりません。もちろん、今更、切腹して形を付けるのはおこがましすぎると心得ております。ですから、こうして——」

微笑みながら、片袖から竹筒を出すと、蓋を取って口へと傾けた。

興田采女の最期の言葉は、

「わたくしとて、あのように秀之進に死なれた時は、どれほど悲しかったか——。たとえ、許してくれずとも、あの世で詫び続けるつもりでおります」

苦渋に充ちていた。

こうして、吉次の念願だった中川新之介の供養に終止符が打たれた。

興田が死んで、いそ屋に監視の気配はなくなったが、何となく堅苦しく、季蔵はおえいの店の近くの気取らない旅籠に移って、二日ほど過ごした。

吉次が一緒でなかったのは、湯呑み酒とするめというういとも簡素な祝言を、こともあろうにおえいと挙げてしまったからであった。

「あっしは家族が欲しかったんですよ。おえいと出遭ってそれがわかりました。おえいもそうだったんですよ。杉野屋の旅籠のお宝絵を隠しちまったのは、あそこの両親が遊んでばかしいて、子どもを可愛がってねえって、奉公人から聞いたからでさ。ほんとを言うとあっしの両親もそんなもんなんでさ。これでも、大勢の奉公人に囲まれて育ったんだが、おっかさんもおとっつぁんも怠け者の遊び好き、その上、見栄っぱりとくりゃあ、行き着くところは決まってるだろ？　おっかさんは男と逃げて、おとっつぁんは店が傾きはじめても賭場《とば》に通ってて、あっしが借金のかたに売られたりしねえよう、見かねたばあやが連れて家を出てくれたんでさ。それからはずっと長屋住まいでしたが、一緒のばあやは遠野が故郷で、花まんじゅうを拵えたり、悪い奴を懲らしめる神様の話なぞしてくれやした。そんなばあやが病で寝込んでも、金がねえもんだから、ろくな手当もしてやれず、死なせちまって――。そいつが後悔でね。口惜しくてね、何もかも嫌になっちまって、それで、柄にもねえ、お助け小僧なんて言われることがしてみたくなったんですよ。でもね、おえいに出遭って、そうじゃあねえってことがわかったんでさ。嫌だったのは一人ぼっちってことだったんですよ。盗んだものを施してみせるってえのも、あっしなりに、人につながりてえからで、寂しさを埋めるためだったんだってわかりやした。ばあやの代わりがほしかったんでさ。あっしはここで、花まんじゅうを作らないと決めやした。もちろん、盗みもしやせん。花まんじゅうも盗みもばあやの思い出につながるからね。これから、あっしはここで、おえいとの思い出や家族を作るつもりです。それにあっしは、凶状持ちですからね。今更、戻れやしませんよ」

焼きするめを噛みながら、吉次はにっと笑って締め括った。

季蔵が吉次から、これほど長い話を聞いたのは初めてであったが、一緒に聞いていたおえいはほんのりと頬を染めて、

「目と目が合った時にね、お守りにしてるおっかさんがほかほかと温かくなったんです」

「気のせいさ」

吉次が茶化した。

「そんなことないわよ。何か言いたいことがあるのかもしれないって思って、あの時、中を確かめてみたからこうなれたんだもの」

おえいは胸元から守り袋を出して握りしめると、

「あら、また、温かい」

中から畳んだ紙を取り出した。

「罰が当たるぞ」

「おっかさんがあたしに罰なぞ当てるわけない」

言い切って、黄ばんだ紙を広げた。

それには、

八朔《はっさく》や姫餅ならぬ美し餅

とあった。

「おっかさんの旬なんです。あたし、夏生まれで、どうやら、生まれた時の旬みたいなの。おっかさんが死んでしまった後、形見がほしくて、鏡台を探してたら見つかったんですよ。とってもうれしかった。おっかさんにとっちゃ、姉さんもあたしも分け隔てなく、美し餅だったんだなって——。でも、この姫餅っていうのは、姉さんのことよね？　姉さん、生まれた時から、天女みたいだったっていうから」

「赤ん坊の話ばかししてると、そのうち、ほんとに出来ちまうぞ」

吉次の言葉に、

「嫌あねえ」

真っ赤になったものの、満更でもないおえいは、丁寧に紙を畳み直して守り袋へ戻した。

——姫餅‼　そうだったのか！——

季蔵は心の中で叫んだ。

——えびす屋の力を削《そ》ぎたければ、世間知らずの若旦那ではなく、両親を狙うはずだ。にもかかわらず、興田様が若旦那を手に掛けたのは、おえいさんもまた、先代是道様の血を受け継いでいたからだった。三人とは年齢《とし》が離れているおえいさんは、多くの側室に暇が出され、側室は一人と限られてしまっていた是道様が束《つか》の間《ま》、興田様たちの目を盗んで、いわき屋のお内儀に心を移した結果、この世に生を受けたのだろう。おえいさんとえびす屋の若旦那に血のつながりはなく、結ばれることに障害はないが、おえいさんが姫君だったとわかれば、いずれ、えびす屋は藩主の縁戚となり、たいそうな力を持つことになる。

ここは壁に耳あり、障子に目ありで、城代家老とその腹心たちしか隠し事はできない。あの地獄耳の興田様が、この事実を知らなかったはずはない。あの場に際して、興田様が村上様にさえも秘して語らなかったのは、この一件は封印できるという自信ゆえだったのか。あるいは、貧しくとも凡庸に生きる幸せの重みを知っていて、おえいさんにもそうあってほしいと願ったからなのか――

季蔵の心の裡《うち》や真相を知らない二人は、

「そろそろ草餅を作って売らないといけないのよ」

「そういや、おまえ、初めて遭った時、よもぎを摘もうとしてたっけな」

「あんたたちにすっかり、邪魔されちゃって」

「今度、どっさり摘んできてやるよ。それから、草餅となりゃあ、臼《うす》や杵《きね》がいる。これも借りてこねえと」

「あら、うちの草餅は草のつみつみと言って、混ぜた米粉と湯でよくこねて蒸し上げ、茹《ゆ》でたよもぎを入れて、葉の形がどこにも見えなくなるまでこね続けて作るのよ」

「そんなんじゃ、力が出ねえよ。糯米を蒸して、臼に移してよもぎを入れ、杵で搗くんじゃなきゃ、草餅とは言えねえ。第一、力じゃ負けねえ、男の俺の出番がないぜ」

「だったら、ご近所に貸した臼と杵、返してもらいましょうか。糯米から作る餅菓子には、粉からのでは出ない力強さと風味があって、こっちの方が好きだっていうお客さんもいるから」

おえいはにっこりと、陽だまりのような笑顔を浮かべた。

何日かして、二人に送られて磐城平藩を後にした季蔵は、一路、江戸へと向かった。

春恋魚を食べることは、とうとう出来なかったが、浩吉さん、あんたと一緒に江戸で作ろうと思う。力を貸してくれよ。心の中で浩吉に呼びかけた。

懐には吉次が搗いて、おえいが丸めた草餅が紙に包まれている。

早朝に搗かれた草餅はまだ温かく、ほんのりと香っていて、春は江戸だけにあるわけではないと思いつつも、どうしたことか、おえいの笑顔に、瑠璃《るり》の顔が重なって思い出され、季蔵は江戸が恋しくてならなくなった。

〈参考文献〉

『料理歳時記』　辰巳浜子（中央公論新社）
『聞き書　福島の食事』「日本の食生活全集　福島」編集委員会編（農山漁村文化協会）
『聞き書　茨城の食事』「日本の食生活全集　茨城」編集委員会編（農山漁村文化協会）
『聞き書　岩手の食事』「日本の食生活全集　岩手」編集委員会編（農山漁村文化協会）
『県別　全国古街道事典　東日本編』みわ　明編（東京堂出版）
水戸市ホームページ

本書は時代小説文庫（ハルキ文庫）の書き下ろし作品です。
また、印税の一部は、東北関東大震災の被災地に、寄付いたします。

時代小説文庫
わ 1-16

春《はる》恋《こい》魚《うお》 料《りょう》理《り》人《にん》季《とし》蔵《ぞう》捕《とり》物《もの》控《ひかえ》

著者 和《わ》田《だ》はつ子《こ》

2012年3月18日第一刷発行

発行者 角川春樹

発行所 株式会社 角川春樹事務所
〒102-0074 東京都千代田区九段南2-1-30 イタリア文化会館

電話 03(3263)5247[編集] 03(3263)5881[営業]

印刷・製本 中央精版印刷株式会社

フォーマット・デザイン&シンボルマーク 芦澤泰偉

ISBN978-4-7584-3646-5 C0193

http://www.kadokawaharuki.co.jp/[営業]
fanmail@kadokawaharuki.co.jp[編集] ご意見・ご感想をお寄せください。

時代小説文庫

和田はつ子
雛の鮨
料理人季蔵捕物控

書き下ろし

日本橋にある料理屋「塩梅屋」の使用人・季蔵《としぞう》が、手に持つ刀を包丁に替えてから五年が過ぎた。料理人としての腕も上がってきたそんなある日、主人の長次郎が大川端に浮かんだ。奉行所は自殺ですまそうとするが、それに納得しない季蔵と長次郎の娘・おき玖は、下手人を上げる決意をするが……（「雛の鮨」）。主人の秘密が明らかにされる表題作他、江戸の四季を舞台に季蔵がさまざまな事件に立ち向かう全四篇。粋でいなせな捕物帖シリーズ、第一弾！

和田はつ子
悲《ひ》桜《ざくら》餅《もち》
料理人季蔵捕物控

書き下ろし

義理と人情が息づく日本橋・塩梅屋の二代目季蔵は、元武士だが、いまや料理の腕も上達し、季節ごとに、常連客たちの舌を楽しませている。が、そんな季蔵には大きな悩みがあった。命の恩人である先代の裏稼業〝隠れ者〟の仕事を正式に継ぐべきかどうか、だ。だがそんな折、季蔵の元許嫁・瑠璃が養生先で命を狙われる……。料理人季蔵が、様々な事件に立ち向かう、書き下ろしシリーズ第二弾、ますます絶好調！

時代小説文庫

和田はつ子
あおば鰹《がつお》
料理人季蔵捕物控
書き下ろし

初鰹《はつがつお》で賑わっている日本橋・塩梅屋に、頭巾を被った上品な老爺がやってきた。先代に〝医者殺し〟（鰹のあら炊き）を食べさせてもらったと言う。常連さんとも顔馴染みになったある日、老爺が首を絞められて殺された。犯人は捕まったが、どうやら裏で糸をひいている者がいるらしい。季蔵は、先代から継いだ裏稼業〝隠れ者〟としての務めを果たそうとするが……（「あおば鰹」）。義理と人情の捕物帖シリーズ第三弾、ますます絶好調。

和田はつ子
お宝食積《くいつみ》
料理人季蔵捕物控
書き下ろし

日本橋にある一膳飯屋〝塩梅屋〟では、季蔵とおき玖が、お正月の飾り物である食積の準備に余念がなかった。食積は、あられの他、海の幸山の幸に、柏や裏白の葉を添えるのだ。そんなある日、季蔵を兄と慕う豪助から「近所に住む船宿の主人を殺した犯人を捕まえたい」と相談される。一方、塩梅屋の食積に添えた裏白の葉の間に、ご禁制の貝玉（真珠）が見つかった。一体誰が何の目的で、隠したのか!?　義理と人情の人気捕物帖シリーズ、第四弾。

時代小説文庫

和田はつ子

旅うなぎ

料理人季蔵捕物控

書き下ろし

日本橋にある一膳飯屋〝塩梅屋〟で毎年恒例の〝筍尽くし〟料理が始まった日、見知らぬ浪人者がふらりと店に入ってきた。病妻のためにと〝筍の田楽〟を土産にいそいそと帰っていったが、次の日、怖い顔をして再びやってきた。浪人の態度に、季蔵たちは不審なものを感じるが……（第一話「想い筍」）。他に「早水無月」「鯛供養」「旅うなぎ」全四話を収録。美味しい料理に義理と人情が息づく大人気捕物帖シリーズ、待望の第五弾。

和田はつ子

時そば

料理人季蔵捕物控

書き下ろし

日本橋塩梅屋に、元噺家で、今は廻船問屋の主・長崎屋五平が頼み事を携えてやって来た。これから毎月行う噺の会で、噺に出てくる食べ物で料理を作ってほしいという。季蔵は、快く引き受けた。その数日後、日本橋橘町の呉服屋の綺麗なお嬢さんが季蔵を尋ねてやって来た。近々祝言を挙げる予定の和泉屋さんに、不吉な予兆があるという……（第一話「目黒のさんま」）。他に、「まんじゅう怖い」「蛸芝居」「時そば」の全四話を収録。美味しい料理と噺に、義理と人情が息づく人気捕物帖シリーズ、第六弾。ますます快調！

時代小説文庫

和田はつ子
菊花酒 料理人季蔵捕物控

書き下ろし

北町奉行の烏谷椋十郎が一膳飯屋〝塩梅屋〟を訪ねて来た。離れで、下り鰹の刺身と塩焼きを堪能したが、実は主人の季蔵に話があったのだ……。「三十年前の呉服屋やまと屋一家皆殺しの一味だった松島屋から、事件にかかわる簪《かんざし》が盗まれた。骨董屋千住屋が疑わしい」という……。烏谷と季蔵は果たして〝悪〟を成敗できるのか!? 「下り鰹」「菊花酒」「御松茸」「黄翡翠芋」の全四篇を収録。松茸尽くしなど、秋の美味しい料理と市井の人びとの喜怒哀楽を鮮やかに描いた大人気シリーズ第九弾、ますます絶好調。

和田はつ子
思い出鍋 料理人季蔵捕物控

書き下ろし

季蔵の弟分である豪助が、雪見膳の準備で忙しい一膳飯屋〝塩梅屋〟にやってきた。近くの今川稲荷で、手の骨が出たらしい。真相を確かめるため、季蔵に同行して欲しいという。早速現場に向かった二人が地面を掘ると、町人の男らしき人骨と共に、小さな〝桜の印〟が出てきた。それは十年前に流行した相愛まんじゅうに入っていたものだった……。季蔵は死体を成仏させるため、〝印〟を手掛かりに事件を追うが――(「相愛まんじゅう」より)。「相愛まんじゅう」「希望餅」「牛蒡孝行」「思い出鍋」の全四篇を収録。人を想う気持ちを美味しい料理にこめた人気シリーズ、記念すべき第十弾!